국어시간에 여행글읽기 2

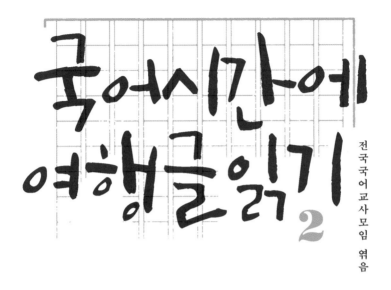

국어시간에
여행글읽기

전국국어교사모임 엮음

Humanist

국어 시간에 가장 많이 읽는 책

전국국어교사모임은 신나고 재미있는 국어 수업을 만들기 위해 20년이 넘게 애써 왔습니다. 특히, 중·고등학생들이 읽을 만한 책이 없는 상황에서 학생들이 즐겨 읽을 수 있는 책들을 펴내 청소년 문학에 새바람을 불러일으켰습니다. 학생들의 눈높이를 가장 잘 알고 있는 현장의 국어 선생님들이 엮은 '국어시간에 읽기' 시리즈는 학생들의 관심과 흥미를 살폈을 뿐 아니라, 학생들의 삶이나 현실과 맞닿아 있어 공감을 끌어낼 수 있었습니다.

우리 모임에서 청소년 문학으로 낸 첫 번째 책은 김은형 선생님이 수업에 활용했던 소설을 모아 엮은 《국어시간에 소설읽기 1》입니다. 이 책은 나오자마자 청소년 문학 베스트셀러가 되었습니다. 학생들의 눈높이에 맞는 책인지라 수업 시간에 가장 많이 읽는 책이 되었으며, 여러 권위 있는 단체에서 '중학생이 읽기 좋은 책', '중학생에게 읽기를 권장하는 책'으로 뽑았습니다. 우리는 이어서 《국어시간에 시읽기》, 《국어시간에 생활글읽기》 등을 차례로 펴냈고, 그 책들은 모두 현장 국어 교사들이 수업에 적극 활용하는 책이면서 학생들이 즐겨 읽는 책으로 자리 잡았습니다. 이후 아이들에게 더 많은 읽을거리를 제공하고 싶다는 바람으로 《국어시간에 세계단편소설읽기》, 《국어시간에 세계시읽기》, 《국어시간에 세계희곡읽기》 같은 세계 문학 선집도 엮게 되었습니다. 이 모든 읽을거리가 청소년들의 삶을 더욱 풍성하게 하고, 청소년들의 생각을 더 크고 넓게 해 줄 거라 믿습니다.

'국어시간에 읽기' 시리즈는 학생들에게 읽기의 즐거움을 맛보게 해 준 책입니다. 또한 청소년 문학 시장에 다양한 분야의 책이 나올 수 있도록 마중물 역할을 하였습니다.

'국어시간에 읽기' 시리즈를 통해 학생들이 세상을 이해하고 세상 속으로 한 걸음 나아가기를 기대합니다. 또한 우리 주변의 진솔한 삶의 이야기, 그 속에 숨어 있는 보석 같은 깨달음이 여러분과 함께하기를 바랍니다.

이 책들이 모든 사람에게 오래도록 사랑받기를 바랍니다.

전국국어교사모임

다양한 여행, 그만큼 다양한 여행글

세계 곳곳을 직접 가 보지 않고도 세계 여행을 할 수 있을까요? 1873년 프랑스 작가 쥘 베른은 소설 《80일간의 세계일주》 통해 그것이 가능함을 증명했습니다. 쥘 베른은 다양한 책과 백과사전을 읽고 세계 여행을 사실적으로 그려 내고 있습니다. 쥘 베른이 했던 것처럼 《국어시간에 여행글읽기 2》에서는 여러분에게 세계 여행을 해 보기를 권합니다. 물론 책으로 말이죠.

이 책은 우리나라를 돌아본 후, 아시아를 지나 유럽으로 넘어가고, 대서양을 건너서 아메리카 대륙을 돌아본 후, 아프리카로 건너갑니다. 이어서 마지막으로 오세아니아와 북극까지 달려갑니다. 이렇게 각 대륙별로 여행글을 모았기 때문에 책으로 하는 세계 여행이 가능할 것입니다.

이 책을 통해서 여행을 하는 방법이 다양하다는 것을 알았으면 좋겠습니다. 〈오카방고의 모코로 트립〉처럼 현지인들의 도움을 받아 이동하면서 밤에는 야영을 하는 방식의 여행도 있고, 〈뜨거운 물〉이나 〈인도는 섬나라다〉처럼 미숙한 정보나 현지의 상황들로 인해 너무 많은 고생을 하여 다시 기억하고 싶지도 않은 여행도 있습니다.

그리고 아무나 갈 수 없을 것 같은 북극에서 마라톤을 하는 것도 여행입니다. 여행은 고정된 것이 아니라 우리가 상상하는 만큼 다양한 방식으로 우리 옆에 있습니다.

또한 고정관념을 벗어난 다양한 형식의 여행글을 만났으면 좋겠습니다. 전문적인 여행 작가가 쓴 잘 다듬어진 글도 만날 수 있지만 〈시들고 있는 지중해의 꽃 한 송이〉처럼 중학생이 쓴 풋풋한 글도 있고, 〈부산, 고등어, 그리고 여행 혐오증〉, 〈인도는 섬나라다〉처럼 여행의 경험이 생생하게 들어가 있는 일반인의 글도 있습니다. 아울러 〈호떡의 뜨거운 추억〉처럼 우리에게는 정말 일상적이어서 이야깃감이 되지도 않는 일들이 누군가에게는 이색적인 일이 될 수도 있음을 알 수 있는 글도 만날 수 있습니다. 또한 〈마음이 넓은 자리, 썽떼우〉처럼 여행 중에 느낀 정서와 이야기를 담은 짧은 글은 '이게 다야?' 하는 느낌을 주지만 묘한 여운을 주기도 합니다.

결국 다양한 여행과 그만큼 다양한 여행글을 만나는 것이 우리의 바람입니다. 그리고 이런 만남을 통해서 다른 사람의 경험을 자신의 경험으로 만들려고 노력한다면 더 좋겠습니다. 여행의 여러 상황들에 대해서 어떻게 할지 생각하면서 읽는다면 여러분의 경험이 풍부해질 수 있는 것이고, 여러분의 생각도 성장할 수 있기 때문입니다.

이제 설렘을 안고 책 속으로 함께 세계 여행을 떠나 봅시다.

나미나, 이선희, 이승헌, 이영미, 정영진

| 차례 |

Arctic Ocean

북아메리카

아프리카

10,000

남아메리카

Pacific Ocean

Awtarctic Ocean

아시아

유럽

Atlantic
Ocean

Indian Ocean

오세아니아

1부

한국

길거리 음식, 호떡

1

호떡의
뜨거운 추억

아리프 아쉬츠 (이혜승 옮김)

길거리 문화야말로 한 나라의 문명 발전 수준을 가늠하는 척도
라고 생각한다. 서울에서 인상적인 것 중 하나가 생생한 길거리
문화다. 음식 장수, 점쟁이, 기념품 장수, 갖가지 음료수 장수 등
종류도 색깔도 컬러풀하다.

1986년 이후 나는 아시아 국가들을 오랫동안 여행한 경험이 있
다. 그래서 길거리 음식에는 익숙한 편이다. 터키에서도 가끔씩 길
거리 음식을 사 먹는다. 외국에 와 있으면 이따금 이스탄불˚의 강
가에서 바로 튀겨 만든 생선 샌드위치의 맛이 궁금해지곤 한다.

서울에서 처음 맛본 음식은 어묵이었다. 시간이 갈수록 나는
어묵보다 국물을 더 좋아하게 되었다. 으슬으슬한 날씨에 마시

˚ 이스탄불(Istanbul) | 터키 서부에 위치한, 터키에서 가장 큰 도시.

는 어묵 국물은 거의 예술이다. 동그랗고 달콤한 찹쌀 도넛도 내 입맛에 잘 맞는다. 계란 부침에 설탕과 케첩을 뿌린 샌드위치는 이상해 보이지만 맛은 괜찮다. 닭꼬치도 자주 먹는 품목 중 하나다. 하지만 김밥은 그저 그랬다. 인사동에서 먹었던 꿀타래˙도 먹기보다는 보기에 좋았다. 떡은 맛도 만드는 과정도 만족스러운 음식이다. 내가 가장 좋아하는 음식은 부침개다. 여기에 막걸리를 한 잔 걸치면 피로가 싹 가신다. 내 생각에 전 세계의 길거리 음식들은 패스트푸드와 전쟁을 벌여야 한다.

하지만 길거리 음식에 대한 쓰디쓴 추억도 있으니, 작년 인사동에서였다. 설탕과 땅콩을 반죽에 넣고 납작한 철판으로 눌러 튀기는 호떡은 맛있어 보였다. 아주머니가 호떡을 종이에 싸서 주었다. 호떡을 한 입 깨무는 순간, 악! 겉은 약간 따뜻한 정도였는데 설탕이 녹은 속은 어찌나 뜨거운지 나는 양 입술을 심하게 데고 말았다. 입술에 물집이 생겨 일주일 동안 연고를 바르고 다녔다. 그 이후 나는 호떡을 멀리했다. 마치 금방이라도 나를 물어뜯을 것 같은 사나운 개라도 되는 양.

올해 나는 동대문에서 또 다른 호떡 장수를 보았다. 아주머니는 두 종류의 호떡을 만들었다. 하나는 기름에 튀긴 거고 다른 하나는 그냥 구운 것이었다. 나는 잠시 헷갈렸다. 어떤 호떡이

˙ 꿀타래 | 꿀과 엿당을 8일 동안 숙성하여 덩어리를 만든 다음, 이 덩어리를 사람의 손작업을 통해 명주실처럼 가늘고 고운 16,000가닥 이상의 꿀실로 만들어 그 안에 땅콩, 아몬드, 호두, 깨 등의 견과류를 넣고 꿀실을 말아 만들어 낸 먹거리. 용수염이라고도 한다.

뜨거웠던 거지? 나는 기름기가 없는 호떡을 맛보기로 했다. 겉은 거의 차가웠다. 나는 긴장을 풀었다. 하지만 나는 다시 한 번 뜨거운 맛을 봐야 했다. 한 입 깨무는 순간 호떡은 내 입술을 뜨겁게 깨물었다.

《이스탄불에서 온 장미 도둑》(이미경, 2009)

⏻ 우리나라 대표 여행지

한국 관광 으뜸 명소 8 (문화체육관광부 선정. 2011년 2월 발표)

부문	장소	비고
역사 문화형 관광지	안동 하회마을	조선 시대 양반 문화와 서민 문화 공존
	수원 화성	유네스코 세계문화유산
	경주 남산, 월성 역사 유적지	신라의 역사가 간직된 도심 박물관
자연 생태형 관광지	순천만 - 여수 엑스포	순천만 - 세계 5대 연안 습지
	성산 일출봉	제주 10경 중의 1경. 세계자연유산
	창녕 우포늪	우리나라에서 가장 오래된 자연 내륙 습지
문화 콘텐츠형 관광지	북촌, 삼청동, 인사동 전통 문화 거리	전통 문화와 현대 문화의 공존
	문화형 관광지	다양한 전통 문화 체험, 한옥의 변천사

론리 플래닛(lonely planet korea, 2010)**에 소개된 한국 여행지 열 곳**

(론리 플래닛 한국편은 북한도 포함하고 있습니다.)

1. **평양의 매스게임** – 론리 플래닛 설립자 토니 윌러는 외국인들에게 폐쇄적인 북한의 수도 평양에서 가장 볼만한 것으로 추천했습니다. 토니 윌러는 이것을 보고 평양에 다시 오기로 했다고 합니다.

2. **경주 쌈밥** – 경주에 가게 되면 꼭 먹어 볼 것으로 선정했네요. 양반 다리를 하면서 스무가지가 넘는 나물과 야채를 먹는 특별한 경험을 해 보라고 합니다.

3. **제주도** – 주말보다 주중에 가서 자전거나 오토바이를 통해 섬 전체를 보는 것이 좋답니다. 단 시내버스 타고 다니는 것은 추천하지 않네요.

4. **홍대 거리** – 놀거리가 많은 홍대 주변을 거닐어 보는 것을 추천했습니다.

5. **광장시장의 한복과 값싼 먹거리** – 서울에서 가장 생생한 시장으로 광장시장을 추천하고 있습니다. 화려한 색깔의 한복과 값싸고 맛있는 음식을 추천하고 있으며 특히 빈대떡을 추천하네요.

6. **경기도 파주 헤이리마을** – 친환경 건물, 전시장, 카페가 많은 곳으로 전원적인 문화적 공간으로 소개하고 있습니다. 특히 만화 주인공인 딸기를 볼 수 있는 장소로 소개하고 있습니다.

7. **수원 화성** – 과학적으로 설계된 화성을 둘러보는 것을 추천하고 있네요. 수원성에서 전망을 보고 국궁을 체험하는 것도 추천하고 있네요.

8. **강원도 삼척 해신당공원** – 바다에 휩쓸려 죽은 처녀를 위로하기 위해 만든 사당이 있는 곳으로, 이곳에서는 매년 처녀의 혼을 위로하기 위해 남성의 성기를 본뜬 나무 조각을 바치며 제사를 지낸다고 합니다. 여기 해신당공원은 모두 이 모양으로 되어 있어서 민망하고 재미있는 웃음을 지게 합니다. 심지어 등대마저도 이와 같은 모양이라서 한국 어디에 가서도 이런 곳을 볼 수 없다고 하면서 추천하고 있습니다.

9. **덕수궁의 단풍** – 11월의 덕수궁 단풍은 서울에서 가장 매력이 있다고 합니다.

10. **설악산 국립공원** – 설악산을 1일 혹은 2일 정도로 등반하기를 추천하고 있습니다. 정상이나 울산바위에 올라 내려다보는 풍경을 이곳의 매력으로 꼽고 있습니다.

1 우리나라의 길거리 음식 가운데 하나인 호떡이 글쓴이에게 '사나운 개'가
된 사연은 무엇인가요?

2 외국이나 우리나라에서 사 먹은 길거리 음식 가운데 가장 기억에 남는 음
식을 소개해 봅시다.

✚ 지리산 둘레길 표지판

2

월평마을 뒷산 숲의
라이브 콘서트

고영일

월평마을[*] 안으로 들어가 골목을 지나면 마을 뒷산으로 올라가
는 작은 돌계단이 보인다. 돌계단을 따라 오르니 어느새 소박한
숲길을 따라간다. 숲길을 따라 20분 정도 걸으면 땀이 흐른다.
하지만 불쾌지수를 높일 끈적이는 땀은 아니다. 등에 땀이 흐르
는 걸 느낄 정도로 걷다 보니 눈앞에 나타난 작은 계곡에 보기만
해도 시원한 물이 흐른다. 그냥 지나칠 수 없어 잠시 배낭을 내
려놓고 앉아 세수했다. 생각 같아서는 홀딱 벗고 들어가고 싶었
지만, 이성을 찾기로 했다. 돌아와서 생각하니 인적도 없는데 그
냥 확 들어가 버릴걸 그랬나 싶다.

---

[*] 월평마을 | 전북 남원시 인월면 인월리에 위치한 마을로, 2010년 7월 '달오름마을'로 이
름이 바뀌었다.

잠시 앉아 물소리를 감상한다. 둘레길을 걸으면 이 적막함이 적막인지도 모른 채 길을 걷는다. 지리산의 고요함 덕분에 나와 대화할 수 있는 시간이 생기니 조용하다고 생각할 겨를이 없다. 난 늘 사람들이 북적이는 소리를 듣는 것이 싫어 헤드폰을 끼고 산다. 너무 많은 사람의 사생활을 듣는 것이 부담스럽기도 하다. 하지만 둘레길로 향하는 버스 안에서도 빼 놓지 않던 헤드폰은 길을 걸을 땐 필요하지 않다. 내가 헤드폰을 끼지 않겠다고 의식해서 나온 행동이 아니라 걷고 있다 보면 헤드폰을 끼지 않은 나를 발견한다.

그리고 내 귓전엔 라이브 공연이 펼쳐진다. 물소리, 바람에 스치는 나뭇잎 소리, 새소리. 아무 일 없어도 괜히 입가에 미소가 지어진다. 그리고 도시에서 힘들었던 일들은 아무것도 아닌 일이 된다.

다시 길을 나선다. 쉬며 걸으며 가다 보니 배꼽시계가 점심을 가리킨다. 마침 흥부골 자연휴양림으로 오르는 길가에 간단한 요깃거리를 파는 쉼터가 보인다. 메뉴가 적힌 현수막을 보았다. 이곳에서 점심을 해결하기로 하고 파라솔에 짐을 내려놓았다.

간단하게 먹어야겠다 싶어 컵라면 하나를 주문했다. 뜨거운 물을 가득 부은 컵라면 옆에 집에서 드시는 김치도 함께 온다. 면이 익기를 기다리니 정오의 햇볕이 뜨겁다. 그래서 냉장고에서 갓 잡아 올린 맥주 한 병을 추가했다. 둘레길을 혼자 걸으며 먹는 식사가 익숙하지만, 가끔 혼자인 것이 허전할 때면 아쉬움

을 달래 주는 막걸
리나 맥주 한 잔이
그만이다. 오늘따라
라면 한 젓가락에
맥주 한 모금이 입
에 착착 감긴다.

　식사를 마치고 잠
시 뜨거운 열기에
시원한 산바람을 즐

✦ 지리산 둘레길 길가에 핀 꽃

기고 있자니 맥주 기운이 올라와 몽롱하다. 더 앉아 있다가는 그
냥 드러누울 기세라 얼른 자리에서 일어나 다시 발걸음을 옮긴
다. 쉼터에서 몇 미터 오르니 흥부골 자연휴양림이 나오고 휴양
림을 지나치니 임도°가 이어진다. 포장까지 번듯하게 되어 있지
는 않지만, 가끔 보이는 교통 표지판과 급커브길 안전 거울이 차
가 다니도록 낸 길임을 짐작하게 한다. 그런데 차는커녕 사람도
보기 어려운 조용한 길이다. 바람에 부딪히는 나뭇가지 소리와
내 발걸음에 달그락 소리를 내는 바닥의 돌멩이 소리뿐이다.

　여름이 무르익으니 숲도 울창해지고 길가엔 꽃들이 산들거린
다. 마치 사람들이 아우성치는 것처럼 바람에 꽃 머리를 이리저
리 움직인다. 그냥 지나치기 아쉬워 카메라를 가까이 가져가니

° 임도 | 벌목한 통나무의 운반과 산림의 생산 관리를 위해 만든 도로.

나비 한 마리가 날아와 꽃에 앉는다. 그런데 문득 이런 생각이 스친다.

'이 꽃 이름이 뭐지?'

그리고 주변을 둘러보니 소나무, 상수리나무 말고는 이름을 아는 나무와 풀과 꽃이 거의 없다. 자주 만나고 인사까지 나누는 사인데 정작 이름을 모르니 어색하고 부끄럽다.

꽃이 물었다.

"텔레비전에 나오는 연예인 이름은 알지?"

"그렇지. 거의 다."

"그럼 여기 숲길에 있는 꽃 중에서 아는 이름은 몇 개나 돼?"

"음……."

"하하하! 너 진짜 도시 촌놈이구나!"

브라운관 안의 세상이 숲이고 그 안에 나오는 연예인들이 꽃이라면, 꽃과 나비는 숲의 배우이자 연예인들이구나. 이곳에 오면 인터넷을 검색하거나 텔레비전을 보고 싶은 생각이 들지 않는다는 걸 문득 깨달았다.

《지리산 둘레길 그리고 그리다》 (마음북스, 2011)

1. 지리산길을 함께 가꾸기 위한 도보 여행자의 약속

☞ **여행을 위한 모든 준비를 스스로 합니다.**

지리산길 구간은 마을과 농로, 임도, 숲길로 이루어져 있습니다. 미리 홈페이지를 통해 걷는 구간과 숙박 등을 계획하시고, 편의 시설을 만나기 힘들기 때문에 도시락과 물, 간식 등을 꼭 준비해 주십시오. 쓰레기는 되가져 갑니다. 생활길인 이곳은 공중화장실이 거의 없습니다. 터미널과 관공서, 숙소, 마을 안 개방 화장실 등을 만나면 이용하시기 바랍니다.

☞ **단체 이용보다는 작은 모둠 여행을 권해 드립니다.**

지리산길은 지역 주민들의 생활 터전인 마을을 거쳐 갑니다. 마을 주민들의 생활 공간에 단체 여행은 그 자체로 불편을 드릴 수 있습니다. 걷기 여행은 호젓함 속에 그 참맛이 있기에, 가족이나 친구 등 5명 이내의 인원이 함께 하면 좋습니다.

☞ **농작물과 열매는 절대 손대지 말아 주세요.**

농작물이나 열매는 지역민들의 소중한 재산입니다. 사랑의 눈으로 바라만 봐 주세요. 호기심으로 농작물을 따거나 밭에 들어가 밟는 행위가 한 해 농사를 망칠 수 있고 지리산길에 대한 지역의 공감대를 해칠 수 있습니다.

☞ **마을에서는 먼저 인사하고, 사진을 찍을 때는 꼭 허락을 받아 주세요.**

웃는 얼굴로 인사를 나누는 순간, 이웃이 될 수 있습니다. 먼저 본 사람이 웃으며 인사를 해 주세요. 또한 생활 공간에서 갑작스럽게 사진 찍히는 것은 누구에게나 불쾌감을 줍니다. 마을 주민들과 어린이들의 사진을 찍을 때는 꼭 허락을 받아 주세요.

☞ **대중교통을 이용하시고, 지리산길 안내 센터를 들러 주세요.**

대중교통 이용은 도보 여행의 일부입니다. 자유로운 걷기를 위해 대중교통을 이용하는 것이 훨씬 더 편리할 수 있습니다. '지리산길 안내 센터'에 들러 정확한 정보와 설명을 듣고 한결 더 풍성한 걷기 여행을 준비해 보세요.

☞ **도보 여행을 위한 길이니 다른 교통수단은 가져오지 말아 주세요.**

지리산길은 도보 여행자들을 위한 길로 숲길, 마을길, 논두렁길, 농로 등이 어우러져 있습니다. 길 폭은 한두 사람이 걸을 수 있는 정도입니다. 산악자전거(MTB)는 지리산길 훼손을 가져오기 때문에 이용하실 수 없으며, 휠체어와 유모차 등은 고도 변화가 심하고 폭이 좁은 구간이 많이 섞여 있어 통행이 힘듭니다.

☞ 반려동물과 함께 하는 것은 자제해 주세요.

지리산길은 지리산 자락의 마을을 지나는 구간이 많아 반려동물을 데려오시면 지역 주민이나 이용자들께 불편을 끼칠 수 있습니다. 주위 분이나 일정한 장소에 맡기고 출발하세요.

☞ 새벽과 야간 걷기는 자제해 주세요.

지리산길은 마을과 마을을 잇고 있습니다. 새벽 걷기는 마을 주민 생활에 피해를 줄 수 있습니다. 너무 이른 걷기는 피해 주세요. 야간 걷기는 주변 상황이 잘 파악되지 않음으로써 발생할 수 있는 위험 소지가 많습니다. 일출과 일몰 시간을 챙겨서 그 안에 걸어 주세요.

☞ 안전사고의 책임은 이용객 몫입니다.

지리산 둘레길에서 걷다가 일어나는 안전사고의 책임은 이용객 몫입니다. 안전사고가 일어나지 않도록 항상 주의하시기 바랍니다.

2. 준비물 및 유의사항

☞ 기본 준비물

안내 지도, 나침반, 배낭, 등산화 혹은 트레킹화, 물통, 자켓(방풍, 방수가 가능한 긴팔), 활동복(기능성 등산복이 있으면 좋음), 세면도구, 여벌의 옷가지, 비옷, 모자, 장갑, 손전등, 수저, 개인 컵, 손수건, 필기도구, 양말, 신분증, 구급약 등. (이외 개인별 관심에 따라 망원경, 쌍안경, 돋보기, 카메라, 도감 등을 준비)

☞ 유의사항

만약 길을 잃었을 경우에는 이정표나 길을 알아볼 수 있을 때까지 왔던 길을 거슬러 간다. 사고가 났거나 일행 중 누군가가 아파서 계속 걸을 수 없을 때는 적절한 구급 처방을 취하고 쉴 곳을 찾는다. 더운 날씨에는 그늘에 누워 물을 마시면서 수분의 손실을 최소화하고 서늘할 때만 몸을 움직이도록 한다. 날씨가 추울 때는 비바람을 피하고 따뜻하게 한다.

– '생명평화 지리산 둘레길'(http://www.trail.or.kr)

1 글쓴이가 길가에 핀 꽃들의 이름을 모르는 것을 부끄러워하는 이유는 무엇인가요?

2 인터넷, 핸드폰, 텔레비전 등 전자 기기를 쓰지 않고 지낸 적이 있다면 그 경험을 말해 봅시다.

3

부산, 고등어, 그리고
여행 혐오증

유원상

나는 여행이 싫다

분명하게 밝히고 넘어가야 할 것이 있다. 나는 여행을 즐기지 않는다. 아니 싫어한다. 여행 계획을 짜는 것, 짐을 싸는 것, 낯선 곳에서 끊임없이 이동해야 하는 것 등 여행의 모든 과정이 귀찮기 때문이다. 그리고 무엇보다도 편안하고 아늑한 집을 떠나는 것이 싫다. 그래서 모 광고에서 말하는 "집 떠나면 개고생이다."라는 표현에 격하게 공감하는 바이다.

이런 '여행 혐오증'을 앓고 있는 내가 부산에, 그것도 홀로 여행을 떠난 것은 논리적으로 설명하기 힘든 이유들 때문이다. 솔직히 나도 그 이유를 명확히 알지 못한다. 내가 미친 건가? 나의 첫 부산 여행은 이렇게 정신적 혼란과 스스로에 대한 배신감을 안고 시작되었다.

서울역에서 대충 점심을 때운 후 열차에 앉아 생각에 잠겼다. '자, 이제 어디로 가야 하는 거지?' 아무런 계획도 준비도 없이 부산행 열차에 앉아 있는 내 모습을 차창으로 보고 있자니 현기증이 일었다. 점심때 먹은 고등어조림이 역류하는 느낌이랄까.

그러다 온갖 잡생각에 빠져들었다. '밥은 어디서 먹지? 잠은 어디서 자고? 버스나 지하철을 타야 하나? 부산 사람들은 거칠다던데 그냥 택시를 탈까? 내가 왜 떠났을까?' 등등.

끊임없이 몰아치는 고민들에, 사람이 이렇게 미쳐 가는 거구나 하는 생각마저 들었다. 그러고 보니 고등어도 환경 변화에 민감하다던데, 고등어가 잡히자마자 죽는 이유는 성질이 급해서가 아니라 수많은 고민들을 견디지 못했기 때문 아닐까?

갑자기 고등어에 대한 친근감이 생겨났다. 생각해 보니 고등어는 조림도, 구이도 생선 가운데 최고로 꼽힐 만큼 맛있다. 게다가 값도 싸다. 생긴 것도 가장 생선답게 생겼다. 유선형의 미끈한 몸매에 동그란 눈, 푸른 등까지. 어린아이들이 그리는 생선을 살펴보면 백이면 백 모두 고등어처럼 생겼다. 그동안 고등어의 매력을 몰라보고 홀대한 것이 미안해지기 시작했다. 어머니께서 고등어를 구워 주시면 그 비린내와 살 속에 숨어 입을 찌르는 가시에 짜증을 내며 거칠게 살을 헤집곤 했었다. 고등어가 제공해 준 DHA 덕분에 좋지 않은 머리로도 지금까지 잘 살아올 수 있었건만, 그 은혜도 모르고 불평한 격이다. 고등어가 얼마나 서러웠을까.

고등어에 대한 친근함이 마침내 자기비판과 우정을 넘어 사랑에 이를 즈음 열차가 부산에 도착했다. 그 즉시 고등어는 머리에서 사라지고 현실적인 고민이 밀려들기 시작했다. '진짜 큰일 났다. 어디로 갈지 아무것도 안 정했는데, 고등어 걱정하다 내가 죽게 생겼구나.'

어머니가 구워 주신 그 고등어

생각보다 빨리 목적지가 정해졌다. 멍하니 관광 안내도를 살펴보던 중 부산역 근처에 자갈치 시장이 있음을 알게 된 것이다. 열차에서 세 시간 동안 나와 함께 고민을 나누었던 고등어에 대한 친근함. 자갈치 시장이 부산에서 차지하는 상징성. 부산역 근처라는 지리적 이점까지……. 자갈치 시장은 목적 없는 여행을 위한 최적의 목적지로 생각되었다.

자갈치역에 도착하여 조금 걷자 내가 상상했던 그대로의 시장이 나타났다. 저녁 찬거리를 사러 나온 아주머니들, 싱싱한 생선들, 정겨운 부산 사투리, 애타게 삼촌을 찾는 상인들, 그리고 비린내.

생각보다 비린내가 역하지 않았다. 현실의 생생함이 시장 속에, 그리고 비린내 속에 담겨 있었다. 뭍에서만 자란 내가 비린내를 정겹게 느끼다니. 이것이 홀로 떠난 여행의 마력인가? 여행 혐오증이 조금은 치유되는 듯했다.

좁은 시장 길을 따라 걸었다. 바쁘게 지나치는 사람들과 부딪

✛ 생선구이를 파는 가게

히기도 하고 시끄러운 소리들도 들려왔지만 마음은 점점 차분
해져 갔다. 바쁘게 오가면서는 볼 수 없었던 주변의 모습이 눈에
들어오고, 생선을 파는 상인들의 표정까지 하나하나 눈에 들어
왔다.

천천히 주위를 둘러보며 걷던 중 흥미로운 것을 발견했다. 생
선을 종류별로 구워 파는 가게였다. 지글지글 구워지는 생선의
모습과 그 고소한 냄새는 홀로 하는 첫 여행에 긴장해 있던 내
위를 자극했다. 아직은 이른 시간이었지만 충동적으로 가게에
들어갔다.

고등어구이를 시키니 콩, 깍두기, 멸치젓, 김칫국 같은 밑반찬
이 먼저 나왔다. 곧이어 고등어구이와 밥, 선지국이 나왔다. 한껏

기대를 하고 고등어구이를 한 점 먹었다. 그 맛은 실로…… 평범했다. '집에 누워 텔레비전을 보고 있던 어느 저녁, 어머니께서 구워 주시던 고등어'랄까. 단순했고 아무 기교도 없었다. 그 속에는 단지 정성만이 들어 있었고, 덕분에 나는 그 맛에 취해 정신없이 밥을 비웠다.

의도치 않은 저녁 산책

백 원짜리 커피를 마시며 주인아저씨와 이런저런 대화를 나누던 중 이곳이 자갈치 시장이 아님을 알게 되었다. 여기는 신동아 시장이며, 자갈치 시장은 '갈매기를 닮은' 건물로 이주했다는 것이었다. 속았다는 느낌과 아쉽다는 느낌이 동시에 들었다. 당연히 자갈치 시장은 이런 재래시장의 모습일 것이라 생각했는데 현대식 건물이라니. 왠지 맞지 않는 옷을 입혀 놓은 느낌이다. 사람들의 자유로운 출입, 상인과의 정겨운 실랑이, 탁 트인 하늘과 바다, 갈매기. 자갈치 시장에 대한 소박했던 나의 상상이 깨져 버렸다.

복잡한 감정 때문인지 선뜻 자갈치 시장에 들어서기 어려웠다. 외지인의 출입을 막는, 함부로 들어가면 안 될 것 같은 느낌이 들었다.

건물 내부의 모습은 여느 재래시장과 비슷해 보였다. 하지만 왠지 동물원의 무기력한 사자 같다는 생각이 들었다. 그래서 자갈치 시장 내부 구경은 포기하기로 마음먹었다.

✦ 남항대교

 저녁이 되어 숙소를 잡기 위해 이동했다. 생선구이 가게 주인 아저씨께 물어본 바로는 송도 주변에 숙박 장소가 많다고 하셨기에 그곳으로 가려는 생각이었다. 얼마 안 되는 거리라고 하셔서 걸어가기로 마음먹고 약 십 분 정도 걷자 공동 어시장이 보였다. 부산 공동 어시장은 주로 고등어, 갈치, 삼치 등의 경매를 진행하는 곳이다.

 어차피 홀로 여행 온 거 평소 안 해 보던 것들을 잔뜩 해야겠다고 생각했다. '내일은 새벽 경매를 보리라.'

 또 십 분을 걸었다. 남항대교가 보였다. 어두운 하늘과 바다를 배경으로 아름다운 조명을 밝히고 있는 남항대교는 메마른 감수성에도 아름답게 느껴졌다. 근처 슈퍼마켓에서 산 따뜻한 캔 커피를 마시며 남항대교를 감상했다. 또 십 분을 걸었다. 주인아저씨에 대한 배신감이 느껴질 때쯤 숙소들이 보이기 시작했다. 십 분만 더 걸었으면 분명 여행 혐오증이 악화되었을 것이다.

대충 숙소를 잡았다. 2000년대 초반까지 활동했던 거대한 CRT 모니터*와 부서진 마우스, 비워지지 않은 재떨이가 나를 반겼다. 이제는 이 모든 것을 여행의 묘미라고 느끼는 내 너그러운 마음에 스스로 대견스러워 하며 잠을 청했다.

경매, 그 완벽한 시스템 플레이

너그러워졌다고는 하지만 일정 주기로 울리는 냉장고와 히터 소음, 침구의 퀴퀴한 냄새는 견디기 어려웠다. 열악한 숙소 환경과 소음 때문에 새벽 다섯 시까지 잠들지 못한 까닭에 여행 혐오증이 또다시 고개를 쳐들었다. 경매를 보기 위해서는 여섯 시에는 출발해야 했다. 하지만 내 몸은 잠을 바라고 있었다. 수면 부족과 짜증으로 범벅이 된 나의 머리는 논리적인 사고, 이성적인 판단을 하지 못했고, 결국 나는 세수를 하기 시작했다.

공동 어시장으로 향하는 발걸음이 무거웠다. 때마침 지나가는 버스에 올라탄 나는 5분 만에 공동 어시장에 도착했다. 어제 주인아저씨에 대한 배신감이 다시 차오르는 것을 애써 억누르며

---

* CRT모니터 | 독일 물리학자 브라운이 발명하여 브라운관이라고도 한다. 평면 모니터와는 달리 곡면으로 되어 있으며, 모니터의 뒷면이 볼록하게 나와 있다. 지금은 평면 모니터로 인해 생산하지 않고 있다.

심호흡을 하고 공동 어시장으로 걸어갔다.

공동 어시장에 들어서자 어제와는 비교도 할 수 없는 강렬한 비린내가 풍겨 왔다. 끈질기게 괴롭히던 수면욕이 일순간 사라졌다. 동시에 정신없이 움직이는 사람들이 눈에 들어왔다. 공동 어시장의 한 구석에서는 소매상들이 생선을 팔고 있었고, 또 한 구석에서는 경매가 진행 중이었다. 끊임없이 경매가 진행되는 와중에도 생선 포장과 운반, 분류가 톱니바퀴처럼 맞물려 돌아가고 있었기에 공동 어시장 자체가 하나의 거대한 시계처럼 느껴졌다.

그 시스템의 한 구석에서 어정쩡하게 서 있던 나는 생선을 운반하시던 분들과 두 번 부딪히고, 바닥에 깔려 있는 생선을 세 번 정도 밟는 민폐를 저지른 후에야 안정적인 관찰자의 역할을 수행할 수 있었다.

경매는 전통적인 방식으로 진행되었다. 경매 진행자가 외부인은 도저히 알아들을 수 없는 소리를 외치기 시작하면 참가자들이 재빠르게 손동작을 취한다. 3초 정도일까? 짧은 시간이 흐르면 어느새 낙찰이 이루어지고 또 다른 상품이 경매된다. 이런 방식으로 대규모 물량을 빠른 시간 내에 거래하는 것이다. 경매 진행자와 참가자들은 넓은 공터에 분류되어 깔려 있는 상품을 직접 눈으로 보며 경매를 진행한다.

경매가 끝난 생선은 한쪽 구석에서 포장하여 각지로 운반된다. 새벽 공동 어시장의 마무리는 갈매기가 담당한다. 갈매기가

✚ 유난히 반짝이는 고등어

바닥에 떨어진 생선 부스러기 등을 깨끗하게 먹어치우고 나면 그날의 새벽 일정이 완료된다.

여행이 조금은 좋아진다

경매가 종료된 후 이젠 익숙해진 비린내를 맡으며 커피를 마셨다. 빠르게 진행되는 시스템 속에서 멍하니 구경을 하고 있다 보니 어느새 짜증은 가라앉은 상태였다.

운반을 기다리는 생선들 중 유난히 신선해 보이며 반짝이는 고등어들이 눈에 띈다. 순진하기 그지없는 고등어의 동그란 눈을 바라보고 있자니 다시 마음이 너그러워진다. 이제야 충동적으로 여행을 떠난 이유를 조금 알 것 같다. 아마도 일상에 지쳐 작아져

가는 마음을 견디지 못했기 때문 아닐까? 쉽게 짜증 내고, 분노하고, 미워하고, 질투하는 마음에 스스로 지쳐 간 것이겠지.

서울에 올라가 일상에 치이다 보면 눈 녹듯 사라질 마음이겠지만, 무슨 상관이냐 싶다. 이렇게 마음이 너그러워지는 경험이 잦아지면 언젠가는 대인배가 될 테니.

《바다쓰기》(농림수산식품부, 2010)

⏻ 고등어

고등어의 본디 이름은 '고도리'입니다. 한자어로 바꾸는 과정에서 생선의 이름에 '-어'가 붙으면서 고등어가 되었습니다.

고등어의 요리 방법은 매우 다양합니다. 조림, 구이 등으로 많이 먹고, 갓 잡은 고등어를 회로 먹기도 합니다. 그리고 터키에서는 고등어를 빵 사이에 넣어서 샌드위치로 먹기도 합니다.

경상북도 안동에서는 간고등어가 유명합니다. 간고등어를 소금에 절인 고등어라고 하여 '자반고등어'라고도 합니다. 안동은 내륙 지방이라 옛날에는 바닷가에서 안동까지 고등어를 가져오는 데 1박 2일 정도가 걸렸다고 합니다. 생선은 상하기 직전에 나오는 효소가 맛을 좋게 하는데, 하루가 넘게 걸려서 가져오면 얼추 상하기 직전이 됩니다. 이때 소금 간을 하게 되면 가장 맛있는 간고등어가 됩니다. 고등어에 소금 간을 하는 사람을 '간잡이' 혹은 '간잽이'라고 합니다.

고등어는 대표적인 등 푸른 생선에 속합니다. 등 푸른 생선에는 'DHA'라는 물질이 있습니다. DHA는 뇌의 발달과 활동을 촉진하여 기억 능력과 학습 능력을 좋게 한다고 알려져 있습니다.

1 글쓴이가 자갈치 시장에 가서 실망한 이유는 무엇인가요?

2 여행에서 황당한 일을 겪은 경험을 말해 봅시다.

2부

아시아

✚ 앙코르와트

1

거미
먹기

이우일

우리의 계획은 메콩 강을 타고 북상을 하다가 똔레삽 호수*를 통해 씨엠립까지 가는 것이었다. 하지만 건기라 물이 빠져 배가 뜨지 않는다는 거다. 배를 타고 이동하면 똔레삽 호수에서 사는 사람들의 모습을 담을 수 있어 모두 내심 기대했었는데 한심하게 되어 버린 것이다. 하는 수 없이 또다시 고속버스를 이용하기로 했다.

"비행기는 어때요?"

버스 타는 것이 지겨웠던 내가 프놈펜의 한 중국 식당에서 저녁을 먹으며 말했다. 그런데 모두들 꺼리는 눈치였다.

"작년에 사고도 있고 해서 별로 추천하고 싶지는 않습니다."

---

* 똔레삽 호수 | 캄보디아 중부에 있는 동남아시아 최대의 천연 호수.

한국인 코디네이터가 말했다. 그의 얘기에 뉴스에서 봤던 비행기 사고가 어렴풋이 기억났다. 한 방송국 피디가 가족과 함께 씨엠립에서 프놈펜으로 향하는 쌍발 비행기를 탔다가 정글에 추락한 사고였다. 기장이 무리하게 저공비행을 하다가 산과 충돌했는데, 정글에 추락한 비행기를 찾는 데만 꼬박 일주일이 걸렸다고 했다.

나는 다시 먹던 밥을 먹었다. 프놈펜 시내의 꽤 유명한 중국 식당이라는 곳의 야외 식탁이었는데 발밑으로 고양이, 개, 쥐, 그리고 바퀴벌레가 지나다녔다. 하지만 이제 그런 것 정도는 아무렇지도 않았다. 모두 정글에서 익히 보던 것들이었기 때문이다. 정글은 여러모로 인간을 강하게 만든다.

다음 날 또다시 기나긴 버스 여행이 시작되었다. 하지만 이번에는 아주 잘 닦인 길을 달려서 기분이 좋았다. 버스도 세계적인 관광지를 향해 달려서인지 몬돌끼리*로 향하는 버스와는 달리 상태가 매우 좋았다. 게다가 몬돌끼리로 갈 때와는 달리 내 기분도 훨씬 좋았다. 이미 어려운 고비는 넘겼다는 안도감이 들기도 했고, 앞으로 보게 될 앙코르와트*에 대한 기대도 컸기 때문이었다. 사실 앙코르와트는 이번 여행을 쉽게 결정하게 된 가장 큰 이유 중 하나였다. 그 누가 인류의 신비로운 문화유산인 앙코르

---

* 몬돌끼리 | 베트남과 접해 있는 캄보디아 산악 지방으로, 이곳에는 자신들의 전통을 지키며 고유의 언어를 사용하는 소수 민족들이 살고 있다. 2단 폭포인 '부스라 폭포'가 가장 유명한 관광지이다.

와트를 보고 싶어 하지 않겠는가? 탁 피디와 이 감독의 분위기도 좀 나아졌는데 새로 한 명의 피디가 더 합류해서 그런 것 같았다. 새로 합류한 이승희 피디는 원래 고참 방송작가였는데 얼마 전에 피디가 되었다고 했다. 그 역시 집중력 있고 강인해 보였다.

몇 시간을 달려 캄퐁참°이란 곳의 버스 정류장에 차가 정차했다. 우리나라의 고속버스 휴게소와 닮은 모습이었는데, 수많은 관광객과 상인이 뒤섞여 분주했다. 어린아이들이 대바구니와 양동이 같은 것에 뭔가를 잔뜩 넣고 다니며 호객을 했다.

"헉, 이게 뭐지? 메뚜긴가?"

"아, 그거 귀뚜라미예요. 저쪽에서는 거미도 팔던데요."

놀란 내게 이 감독이 아무렇지도 않다는 듯 말했다.

어린이들의 바구니엔 기름이 잘잘 흐르는 거대한 귀뚜라미 튀김과 주먹만 하고 시커먼 거미 튀김이 수북이 쌓여 있었다. 이 감독은 귀뚜라미 한 마리를 바구니에서 집더니 통째로 입에 넣고 씹었다. 먹는 것 가지고 뭐라고 할 생각은 없지만, 정말이지

• 앙코르와트 | 캄보디아 서북부에 있는 돌로 만든 사원. 12세기 초에 건설한 왕실 사원으로, 그 탑과 조각은 크메르 미술을 대표한다. 신에게 제사를 지내던 곳이며, 주요 건물은 중앙 사당과 그것을 둘러싼 삼중의 회랑이다. 바깥벽은 동서 1500미터, 남북 1300미터의 직사각형으로 웅장한 규모이다. 앙코르 왕조가 15세기 무렵에 완전히 멸망함에 따라 정글 속에 묻혀 있다가 19세기에 프랑스 박물학자가 이곳을 발견하여 그때부터 다시 알려졌다.

• 캄퐁참 | 캄보디아 동부 캄퐁참 주의 주도로, 캄보디아에서 세 번째로 큰 도시.

✚ 귀뚜라미 튀김과 거미 튀김

저절로 얼굴에 주름이 지어졌다.

"어, 어때? 맛있어? 무슨 맛이야?"

"그럼요. 메뚜기랑 똑같은데요. 근데 기름기가 좀 많네. 튀긴 지 좀 되었나 봐요. 한번 드셔 보세요."

나는 몸통에서 뒷다리를 떼어 입에 넣어 보았다. 정말 메뚜기 맛과 다를 것이 없었다. 하지만 몸통은 도저히 먹을 엄두가 나지 않았다. 뭘 먹고 자랐는지 두께가 내 엄지손가락만 했고 눈알도 마치 날 쳐다보는 것처럼 반짝거렸다. 거미도 튀겨서 팔고 있었는데, 멀리서 보면 무슨 열매처럼 생겼지만 들여다보면 다리에 털까지 북슬북슬하니 도저히 먹을 수 있는 것으로는 보이지 않았다. 이번에도 이 감독은 다리를 잘라 입에 넣었다. 이 감독은 세상의 모든 것을 혀로 감별하는 사람 같아 보였다.

"이걸 찍어야겠어."

탁 피디가 말했다.

"폴 포트* 시절에 이걸 먹기 시작했대. 너무 살기 어려워서 잡아 튀겨 먹기 시작했다는군."

그래서 우린 거미를 파는 한 부부와 함께 거미 사냥부터 튀기

46

는 것까지를 함께 촬영하기로 했다.

그 부부와 함께 차를 타고 20분을 달려 우리가 도착한 곳은 어떤 절 근처의 논이었다.

"이 논에 그 거대하고 시커먼 거미가 산다고? 정말 여기 거미가 있는 거야? 무슨 동굴 같은 곳에 살 것만 같은데."

"원래는 더 먼 곳에 거미가 집단으로 서식하는 곳이 있는데 거기까지 갈 시간이 없어서요. 많지는 않지만, 여기에도 있다니까 찾아봐야죠."

탁 피디도 반신반의하는 것 같았다. 아주머니와 아저씨는 각각 갈대 자루를 하나씩 뽑아 논 근처의 땅을 살피기 시작했다. 거미 구멍을 찾는 것이었다. 그러더니 정말로 몇 개의 구멍을 찾아냈다. 메마른 땅에 탁구공 하나가 겨우 들어갈 만한 구멍이 몇 개 나 있었다. 그들은 구멍 앞에 얼굴을 들이대고 앉아 갈대 끝으로 구멍 안을 후비면서 괴상한 소리를 내기 시작했다.

"우~웡, 우~웡."

"우~웡, 우~웡."

이 감독의 카메라는 벌써 돌아가고 있었다. 나도 갈대 하나를 뽑아 옆에 쪼그리고 앉아 똑같은 소리로 거미를 부르기 시작했다.

"우~웡, 우~웡. 근데 이 구멍 그냥 들쥐 구멍 아닐까?"

• 폴 포트(Pol Pot, 1925~1998) | 캄보디아의 독립운동가, 군인, 정치인. 캄보디아의 공산주의 정당이었던 크메르 루주의 지도자이자 총리를 지냈다.

✚ 거미 구멍 밖으로 나온 거미

점심때가 지난 지 얼마 안 되어서 태양이 뜨거웠다. 거의 한 시간쯤 후에 모두가 탈진하기 직전이 되어서야 아주머니가 거미 한 마리를 끌어올렸다. 날카로운 이빨을 가진 녀석이었는데 아주머니가 잡아 카메라를 향해 보여 주다가 그만 손가락을 물리고 말았다.

"으아! 아주머니 피 난다! 어떻게 하지? 독 퍼지는 거 아냐? 병원에 빨리 가야 하지 않나?"

그런데 정작 아주머니는 웃으며 입으로 상처 난 손가락을 빨뿐이었다. 가이드가 아주머니의 말을 통역해 주었다.

"이 거미 독은 없어요. 아예 독샘도 없어요. 깨끗해요. 그냥 덩치가 크고 송곳니만 날카롭지요. 그래서 잡으면 이빨을 먼저 뽑아 버려요."

그제야 '하긴 독이 없으니까 잡아먹을 수 있겠지.' 하는 생각이 들었다. 아주머니는 도망가는 거미를 금방 다시 잡아 이빨을 보여 주었다. 커다란 장미 가시만큼 날카로운 이빨이 입 양쪽으로 솟아 있었다.

우린 겨우 잡은 한 마리로 여러 가지 연출을 해 가며 찍었다. 더 잡고 싶어도 잡을 수 없었다. 사십 도의 땡볕 아래서 거미를 잡기란 결코 쉬운 일이 아니니까.

거미를 잡는 모습을 찍고 나서 우린 아주머니와 아저씨가 팔다가 남은 살아 있는 거미 몇 마리를 챙겨 그들의 집으로 향했다. 논길을 한참을 달리자 작은 마을이 나왔다. 그동안 몬돌끼리에서 보아 온 것과는 조금 다른 모습의 농촌 마을이었다. 전통적인 캄보디아의 보통 농촌 마을이었다. 마을 길로 들어서자 여기저기서 마을 사람들이 몰려들기 시작했다. 어린아이 어른 할 것 없이 얼굴에 호기심이 가득했다. 걸친 옷은 먼지투성이의 천 조각이 대부분이었지만 우리가 인사를 하며 웃자 모두 함께 따라 웃어 주었다. 그 웃는 표정을 보고 있으면 정말이지 천국의 미소를 보는 것만 같았다. 하지만 천진난만한 그들의 표정을 보면서 한편으로 이런 생각도 들었다.

'이렇게 순박하고 착한 심성을 가진 사람들이 어떻게 폴 포트 시절 그렇게 끔찍한 살육의 소용돌이에 휩쓸렸던 걸까?'

폴 포트 시절 어린아이들은 소년병이 되어 사람을 사냥했다. 안경을 썼다는 이유만으로 사람을 죽이고 손이 깨끗하다는 이유로 사람을 죽였다. 수백만 명의 사람이 이유도 모른 채 동족에게 어린아이들에게 죽어 갔다. 영화 〈킬링필드〉*를 본 이라면 참상을 가늠할 수 있으리라. 그때 이곳 사람들은 거미를 잡아먹게 되었다. 먹을 게 없으니까, 굶어 죽을 수는 없으니까 거미를 잡아

먹었던 것이다. 다행히 거미는 단백질 덩어리였다. 당시에 거미는 생명줄과도 같은 역할을 했던 것이다.

"우일이 형, 여기서 거미를 튀기는 거랑 드시는 거 찍고요, 거미로 담은 술도 있다니까 한번 마셔 보지요."

탁 피디의 얘기가 끝나고 아저씨가 집 마당으로 거미를 가지고 와서 기름에 튀기기 시작했다. 살아서 벌벌거리던 거미들은 끓는 기름 속에 들어가자 오므라들며 튀겨졌다. 알 수 없는, 뭔가가 튀겨지는 냄새가 진동했지만 생전 처음 맡는 냄새였다. 탁탁 소리를 내며 튀겨지는 것을 들여다보며 내가 말했다.

"저기, 탁 피디. 아까 버스 정류장에서 조금 먹는 거 찍었는데, 또 먹어야 해?"

"아, 그런데 저기, 몸통은 도저히 못 먹겠거든. 다리만 먹으면 안 될까?"

"일단 드셔 보세요. 저희도 옆에서 같이 먹을 테니깐."

탁 피디를 설득하기란 하늘의 별을 따는 것만큼이나 어렵다는 사실을 슬슬 알아 가던 참이었다. 고집이 워낙 세서 카메라를 든 이 감독과도 그렇게 싸우는 것이었다. 도무지 내 말은 씨알도 먹히지 않는 타입이었다. 나는 한숨을 내쉬고 아저씨가 건네주는

• 킬링필드 | 1975년에서 1979년 사이, 민주 캄푸차정권 시기에 폴 포트가 이끄는 크메르루주라는 무장 단체에 의해 저질러진 학살을 말한다. 희생자 수는(병들어 죽은 사람과 굶어 죽은 사람까지) 170만에서 250만 명가량 되는 것으로 추정되며, 이는 전체 인구의 삼분의 일에 해당한다.

거미를 씹을 수밖에 없었다.

"맛이 어떠세요?"

'맛이 어떻긴, 거미 맛이지.'

하지만 카메라에 대고 그렇게 말할 수는 없었다.

"음, 뭐랄까. 감자 맛 같은데요. 좀 밍밍해요. 바삭한 느낌은 있지만 그다지 맛이 느껴지지는 않네요."

내 반응이 별로 신통치 않았는지 이번에는 탁 피디가 카메라를 들고 이 감독이 거미를 먹는 장면을 찍었다. 이 감독은 우적우적 거미를 통째로 씹으며 카메라를 보고 말했다.

"따봉!"

그 다음엔 아저씨가 거미로 담은 술을 가져왔다. 1리터짜리 빈 통에 거미 몇 마리를 넣어 술을 담근 것이었다. 그런데 담근 지 얼마 되지 않아 전혀 거미 술이라고 할 수 없는 것이었다. 마셔보니 그냥 증류주 맛만 났다. 한 모금 들이켜니 목이 콱 메었다.

"켁, 이거 그냥 증류준데? 아무런 맛도 없어."

"에이, 그러니까 그냥 맛을 느끼는 척하세요. 뭔가 맛을 느끼는 표정만 있으면 됩니다."

시키는 대로 마시고 표정을 지었더니 금방 오케이 사인이 났다. 나도 점점 카메라에 익숙해져 가고 있었다.

《욕망이 멈추는 곳, 라오스》(북하우스, 2009)

일본에서는 '말린 도마뱀'을 먹고, 인도네시아에서는 '노린재'라는 곤충을 먹기도 합니다.
또 필리핀에는 부화 직전의 오리알을 삶은 '발롯'이란 요리가 있는데, 먹을 때 부리나 털
뼈 등이 씹히기도 한답니다.

'다리 네 개 달린 것 중에서 책상과 의자 빼고 다 먹는다'는 방대한 종류의 식재료로 조리
하는 음식 문화를 가진 중국에서는 바퀴벌레를 요리할 뿐 아니라 가공이나 저장하는 방법
도 특이한 경우가 있습니다. 예를 들면, 얼마 전 미국 CNN이 선정한 세계에서 가장 역겨
운 음식으로 꼽힌 중국의 '쑹화단(송화단)'은 삭힌 오리알을 말합니다.

송화단은 계란과 비슷하게 생겼지만 속의 색은 검은 빛이 납니다. 나뭇재, 물, 홍차, 소금,
석회를 섞어 죽 상태로 반죽을 만들고 신선한 오리알 및 달걀을 항아리에 담으면서 반죽액
을 붓고 알이 위로 떠오르지 않도록 나무판자를 놓고 돌로 누른 후 서늘한 그늘에 항아리
를 묻어 둡니다. 8개월 후면 응고가 완성됩니다. 즉, 달걀의 알칼리 응고성을 이용해서 저
장 발효시킨 가공식품입니다. 껍질을 까면 소나무 무늬가 나타나는데 그래서 '소나무 송
(松)' 자와 '꽃 화(花)' 자를 붙여서 '송화단'이라 부릅니다. 송화단은 삶지 않고 그냥 먹을 수
있으며 중국에서는 대부분 익히지 않고 바로 먹습니다.

양머리를 훈제해 그대로 식탁에 올리는 노르웨이 음식 '양 머리 요리', 이탈리아의 구더기
치즈 '카수마르주', 한국의 '개고기'와 '산낙지'도 역겨운 음식에 선정되었습니다.

반면에 특이해 보이는 음식 문화가 세계인의 사랑을 받기도 합니다. 커피 농장에 사는 사
향고양이 루왁은 밤새도록 맛있는 커피 열매를 골라 먹고 아무 데나 배설을 하는데, 여
기서 세상에서 가장 비싸다는 루왁 커피가 생산됩니다. 루왁이 저질러 놓은(?) 배설물을
잘 찾아보면 그 속에서 소화되지 않은 커피 열매의 씨, 즉 우리가 잘 알고 있는 커피 원두
(coffee bean)만 남아 있게 되는데, 루왁의 소화 기관 속에서 특별한 소화 과정을 거친 이
커피 원두를 잘 씻어서 말린 다음 볶고 갈아 내리면 세상에서 가장 비싸다는 루왁 커피가
완성됩니다.

1 캄보디아 사람들은 어떤 종류의 거미를 먹고 있으며, 그것을 먹기 시작한 이유는 무엇인가요?

2 외국인들이 우리나라에 왔을 때 특이한 음식 문화라고 여길 만한 것이 있다면 무엇이 있을까요?

2

마음이 넓은 자리,
썽떼우

오소희

바쁠 때 뚝뚝* 타기

버스 출발 시간이 임박해 터미널까지 뚝뚝을 잡아타면 뚝뚝 기사는 다급한 내 마음은 아랑곳 않고 반드시 주유소에 들러 '한나절' 기름을 넣는다.

미래를 준비하지 않는 라오스인들에게 미리 연료 통을 채워 놓는 법이란 없으며, 비록 뚝뚝에 들어가는 기름이 바가지 한 통 분량이라고는 해도 주유소의 주인이 집 저어기 안쪽에서 밥을 먹고 있거나 화장실에서 중요한 볼 일을 보고 있기 때문이다.

가족 중 다른 사람이 툴툴대며 슬리퍼를 질질 끌고 나올 때까지 혹은 주인이 이쑤시개로 이를 파며 나올 때까지 끈기 있게 기

---

* 뚝뚝 | 태국, 캄보디아, 라오스에서 오토바이를 개조하여 만든 대중 교통수단.

다려야만 주유구에 호스가 들어가는 것을 볼 수 있다.

버스 출발 시간에 맞출 수 있겠느냐고 뚝뚝 기사에게 물어보면 이들은 당연히 맞출 수 있다고 한다. "괜찮다"를 연발하면서. 절대 미워할 수도 의심할 수도 없는 미소를 지으면서.

그리고 엉뚱하게도 버스 터미널이 아닌 로컬*들의 터미널에 우리를 내려다 놓는다. 가이드북에조차 나와 있지 않은, 바로 썽떼우 터미널이다.

고로 뚝뚝 기사들의 말은 옳았다. 버스는 제 시간에 출발하지만, 썽떼우는 결코 제 시간에 출발하지 않기 때문에 출발 시간에 못 맞추는 일은 없는 것이다.

썽떼우 출발하기

제아무리 시간 내 도착해도 썽떼우는 이미 80퍼센트 정도 차 있다. 그리고 절대, 절대 서두르지 않으며 200퍼센트 찰 때까지 기다린다. 지붕, 발받침, 좌석 밑 할 것 없이 짐과 사람이 쟁여지다 못해 튕겨져 나올 때까지 기다린다. 이미 타고 있는 로컬들에게 몇 시에 출발하느냐고 물으면 다들 '낸들 아나요' 하는 얼굴로 뚝뚝 기사와 꼭 닮은 조용한 미소를 지을 뿐이다.

대체로 해가 쨍쨍한 날이기 마련이다. 바람 한 점 없는 썽떼우 안은 금방 달아오른다. 아이가 "언제 떠나는 거야?"를 백 번쯤 묻

---

* 로컬 | 작은 시골 마을만 다니는 버스를 '로컬 버스'라고 한다. 줄여서 '로컬'이라고도 한다.

✛ 썽떼우

는다. 아이에게 "나도 잘 모르겠어."를 백 번쯤 반복하면서, 그사이 되지도 않는 현지어로 사람들과 너스레를 떤다. 이미 꽤 오래전부터 엉덩이와 무릎을 꼭 붙이고 앉은 친밀한 사이이기에 푼수를 떨어도 부끄러운 일은 없다. 내가 한마디 하면 그들은 썽떼우가 떠나갈 듯 웃는다.

그러고 나면 눈만 마주쳐도 계속 웃는다. 버스가 떠나기를 기다리는 것이 아니라, 웃기를 기다리는 사람들처럼.

200퍼센트가 다 채워지면 마지막으로 걸음이 느린 꼬부랑 할머니가 두어 분 더 탄다. 할머니의 출현과 함께 놀랍고도 신속하게 짐과 엉덩이가 조금씩 이동하고 할머니는 천연덕스러움을 넘어선 당당함으로 기적처럼 만들어진 자리에 앉는다.

할머니야말로 정말 출발이 임박했음을 알리는 신호. 그러고도

더 가다가 누군가 길에서 손을 흔들면 썽떼우는 또 서고 그 누군
가는 어떻게든 타고야 만다.

신기한 일이다. 공간에 대한 침범이 상대방에 대한 적의로 이
어지는 법이 없다. 아무도 "이젠 만원이니 그만 태워요!"라고 운
전사에게 소리치지 않는다. 아무도 짜증을 내거나 불편한 표정
을 짓지 않는다. 그들의 마음엔 그토록 넓은 자리가 있기에 기네
스북의 기록을 돌파하듯이 끝없는 인원이 썽떼우를 파고들어도
화수분처럼 새로운 자리가 계속해서 솟아나는 듯했다.

《욕망이 멈추는 곳, 라오스》(북하우스, 2009)

⏻ 썽떼우

낯선 여행지에서의 낯선 교통수단은 색다른 경험과 즐거움을 갖게 합니다. 유럽의 트램이
나 이층 기차, 런던이나 싱가포르의 이층 버스, 베네치아의 곤돌라, 동남아시아의 썽떼우와
뚝뚝 등을 타고 가면서 스치게 되는 도시의 풍경들과 만나게 되는 사람들을 통해 여행은
더 풍성해질 수 있습니다.
썽떼우는 중소형 트럭을 개조해서 만든 교통수단으로, 아무 데서나 탈 수도 있고 내릴 수
도 있습니다. 트럭을 개조했기 때문에 버스처럼 사면이 모두 막혀 있는 것이 아니라 옆이
나 뒤가 뚫려 있는 차랍니다. 태국, 미얀마, 라오스 등의 동남아시아 국가 주민들과 지갑이
얇은 여행객에는 좋은 이동 수단이죠. 썽떼우에 타고 기사에게 목적지를 말하면 요금을 알
려 주는데, 거리에 따라 요금이 달라지며 비싸게 부르는 경우도 있어서 가끔 흥정을 해야
할 때도 있답니다. 보통 사람이 가득 차야 떠나기 때문에 타고 나서 오래 기다려야 할 수도
있습니다. 썽떼우가 지나가면 손을 들어서 타고, 내리고 싶으면 기사에게 말을 하거나 버
튼(버튼이 있는 썽떼우일 때)을 눌러서 내리죠. 태국은 파타야, 치앙마이와 같은 유명 여행지
가 많아서인지 일일 대여도 가능하며 우리나라의 콜택시와 같은 픽업 썽떼우도 있습니다.

1 썽떼우 기사들은 더 이상 탈 자리가 없어도 출발하지 않는데, 이때 기다리
  는 사람들의 반응은 어떠한가요?

2 우리나라 사람들이 만원 버스나 지하철을 탔을 때의 태도와 라오스 사람들
  이 썽떼우를 탔을 때의 태도를 비교해 봅시다.

✚ 홉스굴 호수

3

말도 사람도
순박하고 정겨운 곳

최성수

홉스굴에서의 사흘째. 느지막이 일어나 아침을 먹는다. 특별한 일정이 없는 날이다. 하루 종일 쉬는 것도 여행에서 얼마나 가치 있는 일인가! 많은 것을 봐야 한다는 생각으로 여행지에서 여행지로 바쁘게 옮겨 다니는 것은 오히려 여행을 부담으로 만든다. 때로는 마음을 내려놓고 쉬면서 가만히 여행 속의 나를 돌아보면 행복이 물씬물씬 솟아난다.

캠프 옆의 초원 길을 걸어 목장으로 간다. 초원이라고 다 평평한 땅만 있는 것은 아니다. 호수 근처의 초원은 늪처럼 발이 푹푹 빠진다. 건너뛰기에는 조금 넓은 실개울도 있다. 둘러보니, 저만치 나무판자로 된 다리가 놓여 있다. 흔들리는 다리를 건너가니, 목책을 둘러놓은 목장 입구가 나온다. 멀리 말들이 모여 있다.

한 청년이 바람을 가르며 말을 타고 달려 나와 목장의 문을 열어 준다. 말에서 내려선 청년은 키가 훤칠하다. 델(몽골인의 전통 복장)을 입은 그의 모습이 늠름하다. 칭기즈칸 시대의 몽골 기병을 보는 것 같다. 우리를 안내하던 현욱 씨와 몇 마디 이야기를 나누더니, 서로 반색을 한다.

"저하고 같은 대학에 다닌다네요."

그 역시 몽골 국립대학 학생이란다. 과는 다르지만, 학교에서 오다가다 만난 적도 있다고 한다. 홉스굴에서 600킬로미터 넘는 울란바토르까지 가서 대학을 다니는 청년의 마음은 어떤 것일까? 내가 달려온 아득한 거리만큼 그 청년의 젊음이 아득하게 느껴진다.

방학이라 부모님이 계시는 고향으로 돌아와 일손을 돕고 있다는 청년은 우리를 데리고 말 무리에게로 다가간다. 말을 타고 초원을 한 바퀴 돌아보기 위해서다. 나는 고삐를 잡고 바람을 가르며 초원을 달리는 내 모습을 떠올린다. 그러자 마음이 두근거린다.

"말은 반드시 인솔자 한 사람이 끌고 가야 해요."

청년이 우리 일행의 말고삐를 잡아 줄 소년들을 가리킨다. 모두 자신의 동생과 친척들이라는데, 어린아이서부터 그 청년과 나이 차가 별로 나지 않아 보이는 청년들까지 여러 명이다. 혼자 말을 몰고 다닐 수 없느냐니까, 절대 안 된다며 혀를 내두른다.

지난번에 독일 사람들이 와서 말을 탔는데, 고삐를 내주었더니 달리다가 떨어져 머리에 큰 부상을 입었단다. 마침 일행 중 의사가 있어 응급조치를 취했지만, 큰일 날 뻔했다며, 그 이후부터는 말고삐를 절대로 주지 않는단다. 초원을 신명나게 달려 볼 생각은 그냥 꿈이었을 뿐이다. 그래도 말을 한번 타 보는 것도 좋겠다 싶어 말에 오른다.

앳된 얼굴의 소년이 말을 타고 다가와 내가 탄 말의 고삐를 잡는다. 두 볼이 새빨갛고 선하게 웃는 소년이다.

소년이 앞에서 말을 타고 내 말의 고삐를 끌고 간다. 뒤의 말에 탄 나는 그저 말안장에 연결된 줄을 잡고 꺼떡꺼떡 따라가는 수밖에 없다. 고개를 들어 보니, 아득한 평원이다. 그리고 평원의 끝은 하늘에 닿아 있다. 무한천공(끝없이 열린 맑은 하늘), 하늘과 초원이 닿아 있는 벌판을 느릿느릿 흘러간다.

말이 걸어가는 초원은 꽃밭이다. 말은 가다가 이따금 멈춰 서서 야생화를 뜯어 먹는다. 그럴 때면 소년은 가만히 멈춰 서서 기다릴 줄 안다. 마른 내를 건너고, 시린 하늘과 구름과 벌판이 닿은 공간은 끝도 없이 이어진다.

그런데 내가 탄 말이 자꾸 소년의 말에 바싹 다가서 걷는다. 그 바람에 소년이 탄 말과 내가 탄 말 사이에 발이 끼어 불편하다. 너무 바싹 붙을 때는 아프기도 하다. 말고삐를 당겨 거리를 조금 떼어 놓지만, 그새 내 말은 다시 소년의 말에 바투 다가선다.

처음에 나는 내 말이 소년의 말을 사랑하는 줄 알았다. 그런데 자세히 보니 그게 아니다. 내가 탄 말은 소년의 말이 아니라 소년에게 다가서고 있는 게 아닌가. 가까이 다가가서는 소년의 옷에 제 머리를 부비기도 하고, 코를 소년의 손에 대고 킁킁 냄새를 맡기도 한다. 혀로 소년의 손등을 핥기까지 한다. 말은 소년을 사랑하고 있는 것이다.

"이 말이 네 말이니?"

궁금함을 못 이긴 내가 영어로 묻자, 소년이 고개를 끄덕인다. 아주 초보적인 영어는 알고 있는 걸 보니, 서양 사람들이 말을 타러 오는 경우가 많은가 보다.

"네 이름이 뭐니?"

"머흐팅그르요."

"이 말 이름은?"

"홍그르아다크요. 제가 먹이도 주고 기르는 제 말이에요."

소년은 자랑스런 몸짓을 섞어 말하며, 내가 탄 말의 갈기를 쓰다듬는다. 그러자 말은 애교를 떠는 것처럼 킹킹댄다. 마치 서로 의지하는 친구 사이 같다. 걸음마보다 먼저 말 타는 법을 배운다는 몽골 아이들. 소년이 그렇게 말 등에서 자라던 어느 날, 아버지는 소년에게 말 한 필을 주었으리라. 난생처음 제 말을 갖게 된 소년은 그 말을 자신처럼 아끼고 돌봤으리라. 닦아 주고, 쓰다듬어 주고, 먹이를 주고, 초원으로 함께 나가 진종일 숨결을 섞으며 달리기도 했으리라. 말은 소년이 되었고, 소년은 말이 되었으리라. 그래서 말은 소년의 곁을 잠시도 떠나려 하지 않고, 손님인 나를 태우고도 자꾸 소년에게 바투 다가서는 것이리라. 소년과 말의 정서적 교감이 고스란히 느껴진다.

그런 모습을 보자, 천천히 걷는 말을 타는 것이 한없이 즐거워

진다. 내 발이 두 말
사이에 끼어도, 소년
에게 다가가는 말의
태도가 정겹다. 머리
위의 푸른 하늘과
구름, 끝없이 펼쳐진
평원, 한쪽으로는 너
무 푸르러 눈부시기
까지 한 홉스굴 호

✦ 머흐팅그르와 그의 말

수, 그리고 그 벌판에서 서로에게 더 가까이 다가서려는 말과 소
년이 나누는 교감을 보며, 한순간에 마음이 환해진다.

한 시간 남짓, 끄덕끄덕 졸듯 말을 타고 초원을 돌아 목장으로
돌아온다. 건듯건듯, 끄덕끄덕 승마다.

말에서 내린 내가 폴라로이드 카메라로 머흐팅그르와 말의 사
진을 찍어 주자, 소년이 밝게 웃는다. 말도 따라 웃는 것 같다. 머
흐팅그르는 얼른 제 나이 또래 다른 아이에게 달려가더니 그와
맞잡고 몽골 씨름을 한다. 아마도 씨름하는 모습을 내게 보여 주
고 싶은가 보다. 세상 근심 하나 없이, 초원의 풀과 바람처럼 자
라는 소년의 행복이 눈에 선하다. 학교도 공부도 다 남의 얘기지
만, 자신의 말과 초원만으로도 소년은 충분히 행복한 건 아닐까?

그런 생각에 잠긴 채 목장을 뒤로하고 호숫가로 향한다.

호수에 청둥오리가 떠다니며 먹이를 찾고 있다. 호숫가 습지

✚ 게르

에는 바람꽃이 지천
이다. 민들레도 피
어 있고, 구절초와
솜다리도 어우러져
한 세상을 이루고
있다. 느릿느릿 호
숫가를 거닐다 다시
게르로 돌아온다.

게르 문을 열어
둔 채, 침대에 누워 스르르 잠이 든다. 귓가에 시베리아 낙엽송
을 스치는 바람 소리가 상쾌하게 들린다. 평안! 바람도, 햇살도,
푸른 하늘도, 그 하늘의 구름도 모두 평안! 평안 속에서 잠들어
바람이 되고, 햇살이 되고, 하늘의 구름이 되는 여행자도 평안!
하릴없이 깊고 달콤한 잠에 빠져든다.

얼마를 잤을까? 잠에서 깨어 열린 게르 문 밖을 보니, 낙엽송
가지에 구름이 걸려 있다. 아주아주 오래 잠든 것 같은데, 아직
도 한낮이다. 깊은 잠은 시간의 길이가 아니라 마음의 평안에 달
려 있나 보다.

게르 밖에 앉은뱅이 의자를 내놓고 앉아 멍하니 바람을 쐰다.
구릉 위의 게르가 구름에 걸려 있다. 시간은 천천히 흘러간다.
숨 가쁘게 달려오다 이렇게 생의 어느 한 순간, 느긋하게 앉아서
숨 고를 시간이 있다는 것은 얼마나 다행인가. 그래서 삶은 아름

다운 것이라고, 홉스굴의 나무와 풀과 햇살과 바람이 내 귓가에 속삭인다. 아름다움은 흐르는 것이 아니라 멈추어 있는 순간이다. 흘러가는 동안에는 흘러가느라 아름다움을 보지 못한다. 멈추어 서서야 비로소 보이는 사물의 아름다움! 그래서 느리게 사는 것이 아름다운 것이리라.

오후 내내 마음껏 멈춤의 시간을 즐긴다. 내 즐거움 때문일까, 시간도 느리게 느리게 흘러간다.

아무리 느려도 시간은 흐르기 마련이다. 바람과 햇살에 온몸을 씻는 사이 어느새 저녁 시간이 된다. 캠프의 식당에서 허르헉(양을 통째로 삶아 먹는 요리)으로 저녁을 먹는데, 홍차를 앞에 둔 현욱 씨가 서빙하는 아가씨에게 말을 한다.

"사할 우거체."

그러자 아가씨는 눈을 동그랗게 뜨고 현욱 씨를 바라보고 아무르는 배를 잡고 웃는다. 잠시 어리둥절해 하던 현욱 씨가 얼굴이 발개지더니 멋쩍게 웃으며 다시 말한다.

"사하르 우거체."

내가 듣기에는 그 말이 그 말 같다. 그런데 '사할'은 수염이고, '사하르'는 설탕이란다. 그러니 현욱 씨는 아가씨에게 '수염 주세요.'라고 한 것이 된다. 몽골에 온 지 몇 년이나 지났지만 아직도 언어의 미묘한 차이 때문에 실수가 잦다며, 현욱 씨가 변명을 한다. 그런 그의 모습이 귀엽기까지 하다.

"처음 몽골 왔을 때 정말 엉뚱한 실수를 한 적이 있어요. 시장에 가서 감자를 사는데 '툼스 주세요.' 했다니까요."

감자는 '투무스'이고, '툼스'는 불알이란다. 감자를 사러 가서 불알 달라고 했으니, 실수도 이만저만한 실수가 아닌 셈이다. 그런데 그 말을 들으며 나는 자꾸 현욱 씨가 귀여워진다.

이제 홉스굴에서의 마지막 밤이다. 내일은 떠나야 한다는 생각을 하니 괜히 마음이 쓸쓸해진다. 아무리 좋은 곳도 영원히 머무를 수 없기 때문에 더 아름다운 것인지도 모른다. 나는 어둠 속의 호수를 아쉬움 가득한 눈길로 바라보고, 게르로 돌아온다. 그리고 그 밤 내내, 시베리아 낙엽송을 스치는 바람 소리를 들으며 잠이 들었다. 아마도 홉스굴 호수가 내게 작별을 고하는 소리였는지도 모른다.

《인생에 한 번은 몽골을 만나라》 (21세기북스, 2011)

(b) 게르

몽골인들은 양과 말을 기르기 위해 유목 생활을 했습니다. 이동하기에 편하게 천막집을 주거 형태로 사용했는데, 나무와 양털을 재료로 하여 조립하는 가옥을 '게르'라고 합니다. 여름철엔 게르의 흰색이 햇빛을 막아 주고, 천막 밑자락을 걷어 올려 통풍을 하여 온도를 조절합니다. 겨울철엔 게르의 원형 구조가 찬바람을 막아 줍니다.

게르의 내부에서는 남자와 여자를 구별합니다. 출입구에 서서 볼 때 왼쪽은 남자 자리, 오른쪽은 여자 자리입니다. 가재도구의 위치도 이 원칙에 따릅니다. 남자 자리에 마구, 무기 등을 놓고, 여자 자리에 조리 기구나 유제품 제조에 관련된 도구를 놓습니다.

게르 안에는 화장실이 없습니다. 화장실은 숲이 무성한 곳이나 움푹한 곳을 대신합니다. '화장실 간다'는 말을 몽골어로 남자는 '말 보러 간다', 여자는 '말 젖 짜러 간다'고 합니다.

1 소년과 말은 어떻게 해서 교감을 나누게 되었나요?

2 여러분이 여행을 갔던 곳 가운데 마음이 평안했던 곳이 있다면 어떤 곳이
었는지 이야기해 봅시다.

✝ 갠지스 강에서의 경건한 목욕

4

인도는
섬나라다

이승헌

내 인도 여행의 마지막을 바라나시에서 보내고 인도를 떠나는
날이었다. 다음 여정은 밤기차를 타고 인도 국경 도시인 고락뿌
르로 가서 다시 버스로 갈아타고 네팔의 룸비니로 넘어가는 것
이다. 인도에 오기 전, 여행사를 통해 룸비니 숙소까지 예약해
두었다.

기차 시간은 밤 10시 30분이었다. 여유 있게 밤 9시쯤 숙소에
서 나와 방 열쇠를 반납하자 숙소 직원은 놀라는 기색이었다.

"왜 이렇게 빨리 체크아웃을 하죠? 아직 하룻밤도 안 지났는
데?"

"밤기차를 예약했어요."

"숙소비는 환불이 안 되는 거 아시죠?"

"네, 상관없어요. 그동안 고마웠어요."

그렇게 숙소 직원과 이야기를 하고, 숙소 앞에 있던 사이클 릭샤*를 타고 바라나시 정션 역에 도착했다. 역 앞 광장은 벌써 사람들로 북적였다. 이불을 바닥에 깔고 앉아 식사를 하는 사람들도 있었고, 잠을 자는 사람들도 있었다. 사람들이 역 대합실에 몰리는 것을 방지하기 위해 역 출입구에서 표를 검사하고 있었다. 시간대가 가까운 승객만 출입을 허락하고 있는 것이다. 밤 시간에 그렇게 많은 사람들이 있을 줄은 몰랐다.

기차를 타고 인도를 여행하다 보면, 대부분의 인도 기차는 시간을 맞춰서 오지 않는다는 것을 알게 된다. 한두 시간 기다리는 것은 기본이다. 그래서 대합실 칠판에 몇 분 혹은 몇 시간이 늦을 것이라는 내용이 적혀 있다. 더러는 기다리다 못해 역장에게 "얼마나 더 기다려야 하나요?"라고 물어보기도 했는데, 그때마다 돌아오는 대답은 "저도 잘 몰라요. 저 옆에 칠판 보세요."였다. 그러나 칠판에 적혀 있는 시간에 기차가 오는 것도 아니다. 칠판의 시간은 바뀌고 또 바뀐다.

내가 타야 할 기차도 얼마쯤 늦을 것이라고 각오하고 있었다. 짐을 대합실에 풀어 놓고 의자에 앉아 시간을 때우기 위해 스도쿠를 했다. 한 시간 정도 지나자 슬슬 지겨워지기 시작했다. 마침 기차 시간도 다 되어 짐을 가지고 플랫폼으로 나갔다. 혹시나

---

* 사이클 릭샤 | 자전거를 개조해서 만든 것으로, 인도나 방글라데시 등지에서 주로 인력을 이용하는 교통수단.

하는 마음에 플랫폼 끝 쪽에 있는 게시판을 보니, 한 시간 늦은 밤 11시 30분에 도착한다고 써 있다. 그런데 역 사무실에서 승무원이 나오더니 손에 든 종이를 보며 칠판에 쓰인 시간을 고치는 것이었다. '1시 30분'.

마음을 내려놓기로 했다. 여러 번 겪어 본 일이 아닌가. 일단 추위를 피할 만한 곳이 필요했다. 마침 플랫폼 옆에 위층으로 올라가는 계단 통로가 있었다. 적당한 계단을 골라서 신문지를 깔고 앉았다. 플랫폼보다는 덜 추웠다. 대합실에서 하던 스도쿠를 다시 꺼내 한참을 하고 있는데, 친숙한 우리말이 들려왔다. 대학생으로 보이는 남녀 일곱 명이 배낭을 메고 계단을 올라오고 있었다. 누가 시키지도 않았는데 반갑게 인사를 했다.

"어디로 가시는 길이세요?"

"고락뿌르로 가는 길이에요."

"저랑 같은 기차 타시네요."

그들은 모두 같은 학교 의대생들이었다. 본과에 들어가면 여행할 짬도 없을 것 같아, 정말 진하게 여행 한번 하자고 해서 고른 곳이 인도라고 했다. 그들도 나만큼이나 인도에서 힘든 점이 많았다고 했다. 우리는 그렇게 인도에서 겪었던 일들을 이야기하면서 시간을 보냈다.

새벽 1시가 조금 넘었을 때, 계단 벽에 기대어 10분 정도 깜빡 잠이 들었다. 눈을 떠 보니 일곱 명의 배낭객은 게임을 하고 있었다. 과연 1시 30분에 기차가 올지 궁금했다. 그래서 플랫폼에

✛ 고락뿌르로 가는 기차를 기다리는 사람들

나갔다. 그런데 이게 웬일인가? 두 시간 전에는 한적했던 플랫폼이 사람들로 넘쳐났다. 아예 이불을 깔고 자고 있는 사람들도 많았다. 하지만 그것보다 더 놀란 것은, 기차가 4시 30분에 도착한다는 소식이었다.

추위, 배고픔, 기다림으로 인해 점점 지쳐 갔다. 스도쿠도 더이상 채워야 할 칸이 없다. '이러다 해 뜨고 나서 기차가 오는 것이 아닐까.' 하는 걱정이 되기도 했다. 인도 여행 중에 만난 어떤 사람은 열두 시간 넘게 기차를 기다린 적도 있다고 했다. 그래도 기다리는 수밖에 없었다. 벽에 기대어 잠을 청했다.

잠을 자고 깨기를 반복하다 보니 두 시간이 넘게 지났다. 계단에 더 있다가는 감기가 걸릴 것 같아 짐을 챙겨 플랫폼으로 내려갔다. 여전히 많은 사람들이 이불을 깔고 플랫폼을 점령하고 있었다. 기차 지연 안내 칠판을 보니, 다행히 '4시 30분' 그대로다. 20분만 더 기다리면 기차를 탈 수 있는 것이다.

10분이 지났다. 플랫폼에 이불 깔고 있던 사람들이 하나둘씩 이불을 걷고 일어서기 시작한다. 기차 한 대가 들어온다. '오, 이런!' 사람들이 기차에 매달린 채 들어온다. 플랫폼에 있던 사람들이 우왕좌왕, 큰 소리를 내면서 기차 앞으로 모여들었다. 나도 일곱 명의 배낭객과 함께 기차 앞으로 갔다. 그런데 너무 많은 사람들이 매달려 있어서 도저히 기차에 올라설 수가 없었다. 나는 재빨리 근처에 있던 경찰관에게 부탁했다.

"내가 이 기차를 타야 하는데 어떻게 좀 해 주세요."

"잠시만 기다려 봐요."

경찰관은 호루라기를 불면서 기차 앞으로 다가갔다. 그러고는 들고 있던 1미터 남짓 되는 가느다란 몽둥이로 사람들을 마구 때리기 시작했다. 그러자 매달려 있던 사람들이 하나둘씩 떨어져 나왔다.

'헉! 이러려고 부탁한 것이 아닌데.'

갑자기 일어난 일이라 막을 새도 없었다. 경찰관의 행동을 이해할 수 없었지만, 일단은 기차에 타는 것이 우선이었다.

경찰관은 나에게 얼른 오라는 손짓을 하면서 몇 명의 사람을 밀어내고 통로를 만들어 주었다. 경찰관에서 맞았던 사람들에게는 미안했지만, 어쨌든 나와 일곱 명의 배낭객은 기차에 오를 수 있었다. 하지만 그것이 끝이 아니었다. 승객 칸 입구부터 통로까지 빈틈없이 빼곡하게 사람들이 자리를 잡고 있어서 도저히 들어갈 수가 없었다.

'어떡하지?'

두 가지 생각이 퍼뜩 떠올랐다. '여덟 시간 넘게 비좁은 통로에 서서 갈 것인가, 아니면 기차에서 내릴 것인가. 기차를 타고 간다면 예정된 계획대로 여행을 할 수는 있겠지만 몸도 마음도 많이 지칠 것이다. 그리고 기차에서 내려 이후 일정인, 룸비니는 포기하고 네팔의 수도 카트만두까지 비행기를 타고 가는 것으로 바꾼다면 비용의 압박을 견뎌야 한다.' 나는 이중에서 하나를 선택해야 했다.

몸이 많이 지쳐 있어서 무리하면 안 되겠다는 판단이 들었다. 그래서 기차에서 내렸다. 여섯 시간 넘게 기다린 것이 아깝긴 했지만, 인도 여행의 좋은 추억이라고 스스로를 위로했다.

플랫폼에서는 차장이 호루라기를 불며 기차가 떠날 때가 되었음을 알렸다. 기차가 천천히 출발하기 시작했고, 나는 멍하니 떠나는 기차를 바라보았다.

긴장이 풀리니 잠이 몰려왔다. 자고 싶었다. 그래서 묵었던 호텔로 다시 가기로 마음먹었다. 터벅터벅 역 대합실로 나와 보니 그 많던 사람은 다 빠져나가고 노숙자 몇몇이 잠을 자고 있다. 역 앞에는 사이클 릭샤들이 손님을 기다리고 있었다.

"얼마예요?"

"50루피요."

"너무 비싸요. 40루피에 해요."

너무 피곤하고 힘들어서 다소 짜증 섞인 투로 흥정을 했다.

"어……, 알았어요."

릭샤꾼도 손님을 기다리다 지쳤는지 그냥 받아들였다.

✚ 역 앞에서 손님을 기다리는 릭샤꾼들

호텔에 도착하니 호텔 직원이 약간 놀란 눈치였다.

"어, 다시 오셨네요? 무슨 일이라도?"

나는 역에서의 일을 간단히 말해 주었다. 호텔 직원은 별로 놀랍지도 않다는 듯 담담하게 내 이야기를 들었다.

"혹시, 제가 체크아웃 했던 것이 처리되었나요?"

"네, 처리되었어요. 아쉽지만 다시 1박 비용을 내셔야 방을 드릴 수 있어요."

긴장이 풀려 정신도 없고 몸도 마음도 힘들어서, 사정을 해 볼까 하다가 그만두고 신용카드를 꺼내 호텔 직원에게 주었다. 어제까지 내가 묵었던 방 열쇠를 건네받았다.

방으로 가 짐을 내려놓으니, '이게 뭐 하는 건가.' 하는 생각이 들었다. 허무했다.

몸을 씻고, 침대에 누우니 갑자기 릭샤꾼이 생각났다. 손님을 태우려고 그 새벽까지 기다렸을 텐데, 얼마나 아끼겠다고 흥정을 하며 돈을 깎았는지……. 10루피는 우리나라 돈으로 200원 정도밖에 안 되는데……. 나의 밑바닥을 본 것 같아서 씁쓸했다. 몸도 밑바닥으로 가라앉으며 스르르 잠이 들었다.

아침 9시쯤 일어났다. 항공사에 전화를 걸어 카트만두로 가는 비행기가 몇 시에 있는지 물었더니, 오후 1시에 있다고 했다. 좌석도 여유가 있다고 하니, 서둘러 가지 않아도 될 듯싶었다.

공항에 도착해서 비행기 표를 샀다. 좀 일찍 왔는지, 나 말고는 카트만두로 가는 승객이 아무도 없었다. 20분 정도 지나니 한두 명씩 오기 시작했고, 단체 손님들도 보였다.

드디어 비행기를 타기 위해 보안 검색대를 지나고 여권을 공항 직원에게 보여 주었다. 그런데 공항 직원이 노골적으로 돈을 요구하는 것이 아닌가.

'이런. 내가 지금 어떤 상황인데, 어제 겪은 일 때문에도 아직 제 정신이 아니구만.'

단호하게 "No."라고 하고 기다렸다. 그러자 공항 직원은 인도 말로 뭐라 뭐라 하면서 짜증이 가득 섞인 얼굴을 하며 '쾅' 하고 여권에 도장을 찍어 주었다.

대합실에서 기다리는데 방송이 나왔다. 기상 사정으로 비행기 이륙 시간이 조금 늦어진다는 것이었다. 카트만두에서 비행기가 도착해야 그 비행기를 타고 카트만두로 갈 수 있는데……. 왠지 불안한 예감이 들었다.

'오늘 비행기가 안 오면 난 또 바라나시에 있어야 하나? 안 돼. 절대로!'

한 시간 정도 지났을까. 'Air India'라는 이름을 단 비행기가 활주로에 도착하는 것이 보였다. 공항 직원에게 물어보니 카트만두에서 온 비행기라고 했다. 마침 방송에서도 30분 뒤에 탑승한다는 소식을 알렸다.

'아싸, 바라나시를 떠나는 건가. 인도여 안녕!'

드디어 비행기가 이륙했다. 아래로 근처 마을이 보이고, 고도를 높이자 바라나시 시내가 보이면서 갠지스 강도 보였다. 기내 승무원들이 샌드위치와 음료수를 나눠 주었다. 음료수를 받아들며 속으로 이렇게 외쳤다.

'이제 정말 인도여 안녕. 그동안 즐거웠다.'

한 시간 정도 걸린다는 기장의 방송을 들으며 창밖을 보니 설산이 보였다. 히말라야 산맥에 속한 산들이다. 정말 아름다웠다. 창밖을 보며 경치 감상에 빠져 있는 동안 비행기는 점점 고도를 낮췄다. 아래로 도시가 보이기 시작했다. 카트만두다!

그런데 갑자기 비행기가 다시 고도를 높이기 시작했다. 다시 설산이 보이고, 비행기가 설산 앞에서 몇 바퀴 빙빙 돌기만 했다. 비행기 안의 승객들이 웅성거리기 시작했고, 승무원에게 어떤 상황인지를 묻는 사람도 있었다. 그때 기장의 안내 방송이 들려왔다.

✚ 카트만두로 가는 비행기에서 바라본 풍경

"카트만두 공항에 안개가 끼어 시야 확보가 어렵습니다. 착륙이 다소 어려운 상황입니다. 카트만두 상공에서 안개가 걷힐 때까지 기다리겠습니다."

설산을 보는 것이 점점 두려워지기 시작했다. 설산이 보였다가 사라졌다가 또 보였다가를 반복했다. '이러다가 다시 돌아가는 것이 아닐까?' 옆자리 승객은 가방에서 책을 꺼내더니 책장을 넘기면서 '옴마니 반메움' 어쩌고저쩌고 하면서 읊조려 댔다. 안 그래도 불안한데 불경까지 외다니. 불경 외는 소리 때문에 더 불안해졌다. 끔찍한 생각까지 들었다. '착륙하다가 안 좋은 일이 생기는 것은 아닐까?'

그렇게 30분쯤 흐른 뒤 기장의 안내 방송이 흘러나왔다.

"죄송합니다. 기상이 좋아지길 기다려 봤으나 안개가 걷히지 않아 착륙하기가 어렵겠습니다. 바라나시로 회항하겠습니다."

'오, 마이, 갓! 이럴 수가. 이건 신이 나를 인도에 묶어 두려는 수작이 확실해.'

창밖의 설산이 점점 멀어졌다. 내 희망도 점점 멀어졌다. 이렇게 인도를 떠나기 어렵다니……. 마치 나쁜 꿈을 꾸고 있는 것 같았다.

다시 바라나시에 도착했다. 공항 여기저기서 승객들이 항의하는 소리가 들렸다. 공항 직원들은 호텔 숙박비와 교통비는 자기들이 책임질 테니 걱정하지 말라며 사람들을 진정시키고 있었다.

공항 직원들은 단체 승객과 내국인(인도인), 외국인 등을 구별하여 숙소와 교통편을 안내해 주고 있었다. 다른 사람들은 버스와 릭샤를 타고 모두 이동했고, 나와 다른 외국인 일곱 명만 공항 대합실에 남았다. '옴마니 반메움'을 읊조리던 옆자리 승객도 거기 있었다.

공항 직원은 우리가 묵게 될 호텔과 자신의 연락처, 내일 스케줄을 알려 주었다. 나는 브라질에서 온 대학 교수와 함께 오토릭샤*를 타고 바라나시 시내로 갔다. 어색함을 없애기 위해 축구 이야기를 꺼냈다. 세계적인 축구 스타인 카카와 호나우지뉴에

* 오토 릭샤 | 오토바이를 개조해서 만든 교통수단.

대한 이야기도 했다. 그런데 그 교수는 자신이 돈을 버는 이유에 대해 이야기를 해 주었다.

"내가 비록 대학 교수이긴 하지만, 나는 대학에서 학생들을 가르치는 것보다 돈을 벌어 여행을 다니는 것이 삶의 목표랍니다."

그 어떤 것보다 여행이 중요하다니, 다른 세계를 보는 것 같아 놀라웠다. 여행이 삶의 목표일 수도 있다는 생각을 처음 하게 되었다.

호텔에 도착했다. 5성급 호텔이었다. 인도를 여행하면서 그렇게 좋은 호텔에 묵기는 처음이었다. 비록 바라나시로 돌아오긴 했지만, 그 정도 호텔에서 진짜 진짜 마지막 인도의 밤을 보낼 수 있다는 게 어찌 보면 보상으로 받아들일 만했다. 화장실 들어갈 때 마음과 나올 때 마음이 다르다더니, 나도 역시 그런 사람이었다.

저녁을 먹고, 공항에 마지막까지 남았었던 일곱 명과 자연스럽게 모이게 되었다. 돌아가면서 인사를 하며 서로의 여행 이야기를 하게 되었다. '옴마니 반메옴'을 외던 사람은 카트만두에서 의류상을 하는 네팔인이었다.

"아까 불교 경전을 보시더니, 혹시 티베트불교를 믿고 계세요?"

"예. 티베트불교를 믿어요. 제가 가장 존경하는 사람은 달라이라마예요."

경전 사이에 있던 달라이라마의 사진을 보여 주었다. 카트만두에 도착하면 자신의 가게와 공장을 구경시켜 주겠다는 약속도 했다. 일곱 명 모두 피곤한 기색이었다. 예상치 못한 상황을 겪어 냈으니 그럴 만했다.

✦ 카트만두의 모습

다음 날, 항공사에서는 약속대로 호텔로 버스를 보냈고, 그 버스를 타고 다시 바라나시 공항에 도착했다. 어제처럼 출국 수속을 밟았다. 나에게 돈을 요구했던 공항 직원이 내 눈치를 보며 도장을 찍어 준 것을 빼면 어제와 똑같았다.

어제 탔던 비행기가 다시 나를 맞아 주었다. 비행기가 하늘을 날자 이번에도 설산이 보였다. 카트만두가 보이기 시작할 즈음, 기장은 10분 후에 카트만두에 도착한다는 방송을 했다.

드디어 카트만두에 도착했다. 여기저기서 박수 소리와 환호성이 들렸다. '진짜 인도를 탈출한 거 맞지?' 인도는 나에게 섬나라였다. 인도 출국이 아닌 탈출이었다. 삼세번 만에 성공한 탈출은 체력, 시간, 금전 모두 손해가 막심했다. 그러나 얻은 것도 있었다. 새로운 인연을 만날 수 있었고, 카트만두에서 그 사람들과 새로운 추억과 재미를 만들 수 있었다.

여행은 우연의 연속이고 나의 의도대로 되지 않는다고 해서 실망할 필요도 없다. 우연이라는 파도에 나를 맡기면 된다. 우연이 거듭될수록 여행의 추억이 더욱 두툼해진다는 것을 인도 탈출을 통해 깨달았다.

⏻ 바라나시

바라나시는 서울 면적의 2.5배 정도 되는, 3000년 역사를 자랑하는 도시입니다. 〈톰소여의 모험〉의 작가 마크 트웨인은 두 번이나 바라나시를 여행했는데, 바라나시를 "역사보다 전통보다 전설보다 오래된 도시"라고 높게 평가했습니다.

이곳은 인도 동북부에 위치하고 갠지스 강(현지어로 '강가')을 품고 있는 도시입니다. 힌두교의 일곱 개 성지 가운데 으뜸은 바라나시라고 합니다. 바라나시의 핵심은 도시를 가로지르는 갠지스 강입니다. 배설물부터 덜 탄 시신 등 다양한 부유물이 있지만, 연평균 100만 명에 달하는 순례사가 연중 끊임없이 모여들어 경건한 자세로 얼굴과 몸을 씻고 기도를 올립니다. 힌두교도들은 갠지스 강을 성스러운 강으로 여겨 이곳에서 목욕을 하면 면죄를 받을 수 있다고 믿습니다. 갠지스 강변에는 길이 약 4킬로미터에 걸쳐 '가트'라는 계단상의 목욕장 시설이 마련되어 있습니다. 한쪽에는 죽은 사람을 화장하여 그 재를 갠지스 강에 뿌리는 장소도 있습니다.

시내에는 1500개 정도의 크고 작은 힌두교 사원이 밀집되어 있습니다. 예로부터 힌두교 문화 및 그 연구 중심지가 되어 왔고, 산스크리트대학, 바라나시 힌두대학 등이 있습니다. 바라나시는 비단 힌두교의 성지일 뿐만 아니라 동시에 시크교, 자이나교, 불교의 성지로도 치고 있어서 종교적 특색이 짙은 도시입니다.

1 글쓴이가 제목을 '인도는 섬나라다'라고 붙인 이유는 무엇인가요?

2 지금까지 여러분이 한 여행에서 새롭게 배운 것이 있었나요? 어떤 것들이 있었는지 이야기해 봅시다.

✚ 자금성

5

뜨거운
물

성석제

만 리 여행이 만 권의 독서보다 낫다. 사실인지 아닌지 확인할
수 없는 이런 유의 그럴듯한 잠언은 실제로 만 리커녕 천 리도
가 보지 않고 말로 장사를 하는 사람들이 만들어 낸 것이기 쉽
다. 이런 말에 속아 고생을 해 본 사람들은 진실을 안다. 그때그
때 다르다는 것을.

　속아서 여행을 떠났다면 혼자 가는 게 보통일 것이다. 나 역
시 그랬다. 십수 년 전 6월 어느 날, 서점에 가서 직접 산 중국 여
행 가이드북에 나와 있는 대로 여행사 찾아가 비자 내고 비행기
표 예약하고 짐 싸고 중국으로 떠나기까지 계속 혼자였다. 일본
에서 나온 가이드북을 그대로 번역한 그 책은 직접 중국에 가 본
사람이 발로 뛰어 수집한 정보를 제공하는 것처럼 되어 있었다.
비행기에서 다시 읽어 보니 그 정보라는 게 몇 년 전에 업데이트

된 것이었다.

매캐한 먼지 냄새가 나는 북경 공항에 도착했다. 물론 가이드북에는 먼지나 냄새에 대한 언급은 없었다. 공항 바로 앞 버스 정류장에서 시내로 가는 버스에 올랐다. 가이드북에 따르면 시내에서 버스를 한 번 갈아타야 했으므로 바깥을 잘 살피고 있어야 했다. 그런데 좌석에 승객이 다 찼는데도 버스는 출발하지 않았다. 버스 안에 승객이 발 디딜 틈 없이 꽉 찬 뒤에야 출발하는 것 같았다. 그 역시 가이드북에는 나와 있지 않았다.

가이드북에 따르면 북경은 자금성을 중심으로 동심원처럼 도로가 만들어져 있는데 가장 안쪽부터 이환로, 삼환로, 사환로 하는 식으로 이름이 붙여졌다. 숫자가 낮을수록 도심에 가깝다는 뜻이니 호텔 숙박비도 비쌌다. 또한 외국인은 별 세 개 이상의 호텔에만 숙박할 수 있었으므로 나는 가이드북에 나온 호텔 가운데 삼환로에 있는 별 세 개짜리 호텔에 가기로 정해 두었다. 도심에서 그렇게 멀지 않은 호텔 가운데 방이 늘 있으면서 숙박비가 가장 싼 곳이어서였다.

출발은 했으나 버스 안은 히터를 틀기라도 한 것처럼 디웠다. 작은 버스에 사람을 워낙 많이 태우다 보니 그런 것이었다. 창문은 열리지 않았다. 다른 창문도 대개는 열 수 없는 상태였지만 운전석 옆의 창문은 열려 있었다. 당연히 운전기사는 더위를 덜 느낄 것이었고 냉방을 할 생각은 전혀 하지 않고 있었다. 냉방 장치 자체가 없는 것 같았다. 맨 뒷자리의 창문도 열려 있었는데

✚ 북경 시내로 들어가는 도로

사람들이 조금이라도 더위를 면할 생각으로 그쪽으로 몸을 기울이고 있었다. 짐작하기에 그 창문은 한겨울에도 열려 있었을 것 같았다. 화를 터뜨리기 전에 감정적인 공조를 얻기 위해 사람들을 쳐다보니 이상하도록 무표정했다. 이런 정도는 참을 수 있다는 것인지, 체념한 것인지 모를 일이었다.

버스는 삼십여 분 뒤 복잡한 시내로 진입했고 진행 속도는 점점 느려졌다. 운전기사마저 윗도리 단추를 풀 정도가 되었고 승객들의 얼굴은 온통 땀으로 번들거렸다. 가이드북은 내가 버스를 갈아탈 장소를 식별하는 데 별다른 도움이 되지 않았다. 도심의 경관이 너무 많이 바뀌었기 때문이었다.

공항을 출발한 뒤 처음으로 버스가 멈추었을 때 나는 허겁지겁 버스에서 내렸다. 어차피 버스를 갈아탈 곳을 알아볼 수 없다면 지옥 같은 그 더위를 견디고 있을 이유가 없었다. 돈이 아깝

✚ 칸막이가 되어 있는 중국 택시

지만 택시를 타기로 했다. 택시도 호텔처럼 상태에 따라 여러 등급이었고 가격도 각각 달랐다. 하지만 이런저런 걸 따질 겨를도 여유도 없었다.

나는 가장 가까이 있던 택시에 올랐다. 뒷좌석과 기사 사이에는 칸막이가 되어 있었고 유리에 구멍이 나서 의사소통을 할 수 있게 되어 있었다. 나는 수첩에 내가 묵을 호텔의 이름을 써서 택시 기사가 볼 수 있게 유리에 갖다 붙였다. 그런데 택시 기사가 번체(繁体, 중국에서 상용하는 간체가 아닌 우리나라와 대만, 홍콩 등 중국 남쪽 지방 등지에서만 쓰는 한자)를 알아보지 못하는 것 같았다. 가이드북을 펼쳐 보였으나 몰라보기는 마찬가지였다. 호텔 주소를 수첩에 베껴서 보여 준 연후에야 겨우 기사가 고개를 끄덕이는가 싶더니 택시가 출발했다. 혹시 바가지를 씌우는 게 아닌가 싶어서 팔짱을 끼고 눈을 부라리며 앉아 있었으나 택시 기사는 그다지 영향을 받는 것 같지 않았다. 무슨 만담 프로그램인지 라디오에서는 빠른 말씨의 남자 목소리가 계속 흘러나왔고 택시 기사는 이따금 킬킬거리면서 도심을 빠져나갔다.

이십여 분쯤 달리자 그늘이 짙어지며 명도와 채도가 낮은 동네가 나타났다. 공단이 있는 듯 높고 큰 공장 건물이 많았는데 사람은 별로 보이지 않았다. 낡아 보이는 호텔은 공장 건물 사이에 외롭게 서 있었다. 택시에서 내려 배낭을 메고 안에 들어서자 어둡고 넓은 로비가 나타났는데 바깥에 비해 훨씬 서늘했다.

접수대에는 중국 전통 의상 치파오를 입은 젊은 여성과 푸른색 투피스 제복 차림의 중년 여성이 서 있었다. 나는 배낭을 내려놓으며 영어로 방이 있느냐고 물었다. 그러자 젊고 나이 든 두 여성이 주춤 물러서면서 서로를 마주 보며 무슨 이야기를 나누기 시작했다. 접수대에 두 사람이 있는 이유가 그런 때를 대비해서인 것 같았다. 할 수 없이 수첩을 꺼내 '당신네 방 있소?'라는 의미로 '您, 有, 房' 세 글자를 써 보였다. 그들은 수첩 가까이로 고개를 들이밀고 내 손가락에서 태어나는 글자 하나하나를 귀엽다는 듯 지켜보다 전선에 앉은 새처럼 동시에 고개를 갸웃거렸다. 번체가 문제가 되었는지, 아니면 어법에 맞지 않아서인지 알수 없었다. 다시 호떡집에 불이 난 듯 둘 사이에 빠른 대화가 오가더니 치파오를 입은 여성이 전화기를 들고 누군가를 호출했다. 이윽고 낡고 푸른 제복을 입고 나이가 많아 보이는 여성이 나타났다. 번체를 상용하는 남쪽 지방 출신인 것 같았다.

드디어 그들은 내 뜻을 해독하고 탄성을 터뜨렸다. 그들의 얼굴에 공통적으로 나타난 표정은 '우리 호텔을 어떻게 알고 찾아왔느냐?'라는 게 분명했다. 하지만 내게는 그들의 궁금증을 풀어줄 능력이 없었다. 그때부터 비교적 빠르게 필담으로 의사소통이 이루어졌다. 중국어는 존대어가 거의 없는 데다 그런 게 있다 해도 알지 못했으므로 대화는 반말로 진행되었다.

"숙박비가 하루 얼마인가?"

"삼백 위안이다."

"비싸다. 깎아 달라."

"무슨 말인지 알 수 없다."

"할인! 나는 할인을 욕망한다!"

"무슨 말인지 알 수 없다."

"관두자. 그냥 방 하나 달라."

"여기서 가장 가까운 일층 방을 주겠다. 그런데 보증금을 먼저 내야 한다."

"무슨 보증금?"

"당신이 방에서 국제전화를 쓰고 도망갈 경우에 대비해서 전화비 보증금을 미리 받는다."

"나는 국제전화를 쓰지 않을 것이다. 나는 도망치지 않는다."

"보증금을 내지 않으면 방을 줄 수 없다."

"관두자. 망할 보증금이 얼마냐?"

"사백 위안이다."

"방값보다 보증금이 더 비싸다고?"

"당신이 국제전화를 쓰지 않으면 나갈 때 돌려주겠다. 또한 영수증을 써 주겠다."

"잘 먹고 잘 살아라."

"무슨 말인지 모르겠다."

"알았다. 돈 여기 있다."

삼십 분 넘게 실랑이를 벌인 끝에 방에 들어서자 피로가 군대처럼 밀려들었다. 두껍고 무거운 가이드북을 침대에 집어 던졌다. 방은 꽤 넓었고 침대는 두 개였으며 서향 창으로 햇빛이 비쳐 들고 있었다. 침대에 누웠다. 어떻게 해야 할지 갈피를 잡을 수 없었다. 생각을 제대로 하려면 차분하게 차라도 한 잔 해야 할 것 같았다. 다행히 탁자 위에 보온병과 두 종류의 차, 찻잔이 마련되어 있었다. 가이드북에 의하면 중국 내 호텔 객실에서는 으레 뜨거운 물과 차를 준비해 둔다고 했다. 보온병 위쪽에는 반창고가 붙어 있었고 그 반창고에 '湯水(탕수)'라는 검은 글자가 쓰여 있었다. 그런데 있어야 할 탕수, 곧 뜨거운 물이 보온병에 거의 남아 있지 않았다. 머리가 뻣뻣해지며 열이 뻗쳤다. 전화기를 들고 교환원을 호출했다. "웨이!" 하는 응답이 들렸다.

"Hello, I need some hot water……."

그러자 짤까닥, 하고 전화가 끊어지는 소리가 돌아왔다. 교환원이 영어를 모르는 모양이었다. 더더욱 열이 뻗쳤다. 외국인이 별 셋 이상 등급 호텔에만 묵을 수 있다면 그 호텔에 최소한 외국어를 알아듣는 교환원은 있어야 할 게 아닌가. 그러나 현실은 현실, 급한 건 나였다. 차 한 잔을 마실 수 있는 뜨거운 물만 있으면 소원이 없을 것 같았다. 나는 탁자 위 얇은 메모지에 가느다란 연필로 내가 필요로 하는 것을 한자로 써 보았다.

'나'는 한자로 '我'다. 내가 아는 몇 안 되는 중국어 가운데 '워아이 니(我愛你)'가 있었다. 비상시에 쓸 용도로 외워 두었더랬다. 그러니까 '나'는 '워'였다. 나는 바란다, 원한다는? '원(願)', 아니면 '욕망(欲望)'이다. 그렇지만 발음을 알 수 없었다. 차라리 '이 방에 무엇이 없다'가 나을 듯했다. '없다'는 그 전에 중국에 왔을 때 자잘한 걸 사러 가게에 갈 때마다 귀에 못이 박이게 들어서 충분히 잘 알고 있었다. '메이요(沒有)'. 결론적으로 '나에게 뜨거운 물이 없다'를 한 문장으로 쓰면 '아몰유탕수(我沒有湯水)'였다. 탕수를 어떻게 발음하는지 몰랐으나 어떻게 되겠지 싶었다. 거기까지 머리를 쓴 것만으로도 전두엽 두피 부분이 뜨끈뜨끈했다. 그 열기를 내리기 위해서라도 차 한 잔이 절실히 필요했다.

나는 전화기를 다시 들고 0번을 돌렸다. "웨이!" 하고 망설이는 듯 느린 응답이 들렸다. 나는 먼저 "웨이……." 하면서 메모지를 집어 들었다. 다행히 '짤깍' 소리는 나지 않았다.

"워 메이요……."

그러자 "니…… 메이요?" 하고 대답이 돌아왔다. 오케이, 알아들었군.

"워 메이요…… 워 메이요 탕수."

교환원의 말이 빨라졌다. '니'와 '메이요'가 반복되는 걸로 보아 '탕수'만 해결하면 될 것 같았다. 나는 다시 "워 메이요"를 외치고 난 뒤 천천히 발음을 해 보았다.

"탕슈?"

'뭐시라?' 하는 듯한 침묵이 돌아올 뿐이었다.

"타양수?"

나는 또 물었다. 그러자 '뭐라고요?'라는 뜻이 확실한, 그러나 내가 모르는 응답이 들렸다.

"타양쉐이?"

"뭐라?"

"트앙쉬?"

"뭐라고?"

"타양슈이?"

"뭐시여?"

말을 하는 중에 나는 중국어에 4성이 있다는 걸 기억해 냈다. '탕'과 '수'를 높게 낮게 빠르게 천천히 발음을 여러 가지로 바꿔서 수십 번을 외쳐 댔다. 입에서도 열이 났다. 결국 포기하고 전화기를 부서져라 하고 내려놓았다. 밖으로 뛰쳐나갔다. 마침 아까의 나이 많은 여성이 로비를 지나가고 있었다. 나는 그녀에게 달려가 소매를 잡고 늘어졌다. 드디어 그 여성이 방으로 따라 들어왔고 내가 하는 말을 알아듣자마자 번개처럼 빠르게 옆방에서 뜨거운 물이 가득 든 보온병을 가져다주었다.

티백에 든 차를 자기 잔에 넣고 뜨거운 물을 가득 부었다. 삼십 초쯤 기다렸다. 대충 우러난 것 같았다. 입속에 한 모금 차를 머금고 있다가 곧 목으로 넘겼다. 다시 또 한 모금, 또 한 모금 빠르게 마셨다. 다시 티백을 넣고 뜨거운 물을 넣었다. 또 마셨다. 차는 뜨거운데 가슴이 시원해졌다. 평범한 차가 이렇게 맛있는 줄 몰랐다. 차를 두고 홍차인지 녹차인지 발효차인지 따지고 잎에 따라 소엽종, 대엽종을 따지고 언제 땄는지에 따라 명전, 우전 따지고 모양에 따라 작설이니 대작이니 따지고 어느 지방에서 나왔는지를 따지고 얼마나 오래됐는지, 값은 얼마인지, 물은 어떤 것인지를 따지던 것이 그다지 중요하지 않다는 것을 깨달았다. 어떤 상황에서 얼마나 절실하게 차를 필요로 하느냐에 따라 차의 맛은 엄청나게 달라진다.

그렇게 차를 마시다 말고 나는 전화기를 들었다. 도저히 이렇게 살 수는 없을 것 같았다. 차 한 잔 마시는 데도 삼십 분이 걸리는 더러운 세상. 항공권이 든 봉투에 인쇄된 서울의 여행사로 전화를 걸었다. 그러자 거기서 중국 담당자를 바꿔 주었고 그는 그 여행사와 업무 협약을 맺고 있는 베이징 현지 여행사를 소개해 주었다. 드디어 베이징의 베테랑 가이드와 통화할 수 있었다.

"거기가 어딘가요? 주소가 어딥니까?"

가이드는 내가 주소를 이야기하자 걱정스러운 목소리로 그곳은 일반 여행객들은 여간해서는 가지 않고 갈 일도 없는 곳이라고, 주변은 폐쇄 직전의 공단이며 외국인은 자칫하면 범죄의 대상이 될 수도 있는 위험 지역이라고 했다.

"그럼 어떻게 하면 되죠?"

"거기서는 당장 저녁 먹을 음식점 찾기도 힘드실 거예요. 한시라도 빨리 나오셔야 해요."

"지금 당장요? 아직 하룻밤 자지도 않았는데요?"

"숙박료 벌써 지불하셨어요? 하룻밤에 얼마인데요?"

"삼백 위안이라던데. 전화 보증금 사백 위안하고요."

"제가 있는 아원촌으로 오세요. 여기는 우리나라 강남 같은 데지만 단체로 예약하면 별 네 개짜리 호텔 사흘 묵는 데 오륙백 위안이면 됩니다. 여기 오셔서 단체 관광객하고 같이 다니는 걸로 하세요. 지금 나오셔도 아무 상관 없어요."

"전화 보증금은요?"

"서울에 전화를 거셨잖아요. 여기 국제전화비가 얼마나 비싼데요. 그 돈은 아마 못 받으실 거예요."

"엥? 그럼 어떡하죠?"

"거긴 택시 잡기도 힘든 데니까 제가 택시를 보낼게요. 택시 경적 소리 듣고 나오셔서 그냥 타고 오시면 돼요."

삼십 분 뒤 택시 경적이 울렸다. 나는 배낭을 들쳐 메고 쏜살같이 밖으로 달려 나갔다. 접수대에서 뭐라고 하면 영어로 쏘아붙일 작정이었는데 접수대의 두 여성은 나를 보자마자 얼른 시선을 돌리고는 쳐다볼 생각도 하지 않았다.

지금까지 중국에 갔던 대여섯 번의 여행 가운데 가장 선명하게 기억이 남아 있는 건 어떤 명소도, 관광지도 아니고 바로 혼자 갔던 그때, 그 호텔에서의 경험이다. 그 기억만으로도 나는 본전을 뽑았다고 생각한다. 바로 거기에서 중국에서 마신 차 가운데 가장 인상적인 차를 힘겹게, 힘겨워서 맛있게 마실 수 있었다. 고맙다, 모두들. 게으른 가이드북 편집자, 접수대의 여성들, 남쪽 지방에서 온 복무원 아줌마, 얼굴 모를 교환원도.

《갈과 황홀》(문학동네, 2011)

(¹) 중국 차에 대하여

중국 차의 기원은 춘추 전국 시대로 알려져 있는데, 전국적으로 확산된 것은 삼국 시대에 이르러서입니다. 17세기 초에 유럽으로 수출되어 세계적으로 퍼지게 됩니다. 현재는 중국 차 생산량이 세계 차 생산량의 오분의 일을 차지하고 있습니다.

차 종류는 크게 녹차, 홍차, 청차, 오룡차, 백차, 화차, 황차, 흑차, 긴압차, 속정차 등이 있습니다. 이중에서 중국인이 가장 좋아하는 것은 녹차 가운데 하나인 '용정차'라고 합니다.

중국에서 차가 발달한 이유는 수질과 관련이 있습니다. 중국의 물에는 석회질이 많아서 물에 남아 있는 불순물이나 독성을 제거해야 하는데, 찻잎을 끓인 물이 이러한 역할을 합니다. 그래서 중국인들은 추운 겨울은 물론이고, 더운 여름에도 차를 즐길 수밖에 없습니다. 또한 언제 어디서든 차를 마셔야 하기 때문에 찻물을 보온병에 넣고 다니기도 합니다.

차의 효능은 암 발생 억제 효과뿐만 아니라 중금속 제거, 노화 억제, 충치 예방 및 구취 제거, 피부 미용, 천식에 대한 치료, 피로 회복, 뇌졸중 예방, 변비 치료, 다이어트에 효과, 항균 작용, 비만 방지 등 여러 가지가 있습니다. 중국인들이 기름기 많은 음식을 즐겨 먹는데도 비만이 적은 이유 중의 하나가 바로 차를 마심으로써 기름기를 제거하기 때문입니다.

1 글쓴이가 평범한 차가 맛있다고 한 이유는 무엇일까요?

2 여행지에서 당황스러운 경험을 한 적이 있다면 친구들과 이야기해 봅시다.

핀란드 1 핀란드에서 운전하기

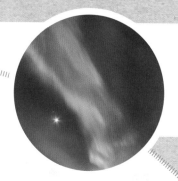

3부

유럽

1

핀란드에서
운전하기

심리적 거리는 물리적 거리에 대체로 비례하지만, 핀란드의 경우 한국에서 가장 가까운 유럽이라는 실제 거리에 비해 심리적으로는 훨씬 멀리 놓인 것 같다. 스웨덴과 노르웨이에 여행 가는 사람은 많아도 핀란드에 관심을 두는 여행자는 적다.

핀란드를 생각하는 것은 하얀 안개가 짙게 낀 너른 벌판을 바라보는 것과 같다. 차가운 느낌이 풍기는 아득한 공간이다. 그 속에 군데군데 희미하게 보이는 것들이 몇 개 있다. 자작나무와 호수, 노키아˙와 자일리톨…….

초현실적이다. 생각해 보라. 여름에는 해가 지지 않은 날(엄밀히 따지면 완전한 백야는 북극선인 북위 66.5도 위에서만 나타나는 현상이

˙ 노키아(Nokia) | 1865년 설립된 핀란드의 휴대 전화 생산업체.

✦ 핀란드 로바니에미에 있는 산타 마을

다.)들이 한참이나 계속되고 겨울이면 어둠이 그 자리를 대신한
다. 동화 속에나 나오는 줄 알고 있던 오로라를 직접 목격할 수
도 있다. 더 북쪽으로 올라가면 공식(!) 산타 마을도 버젓이 존재
한다.

　사람들은 금발에 연한 색깔의 눈동자를 가지고 있고, 독일어
와 러시아어 중간쯤에 놓인 언어를 구사한다. 태어나는 순간부
터 죽을 때까지 국가에서 이들을 알뜰살뜰 돌봐 준다. 엄청나게
부자이며 극도로 진화된 사회 체계를 가지고 있지만 한국의 미
디어에서는 어지간해서는 등장하는 일이 없다.

　핀*들은 실존하는가.

　* 핀 | 핀란드 사람.

104

+ 핀란드 과속 단속 카메라

　물론 많지는 않지만 진짜로 거기 살고 있다. 희끄무레하고 수더분해 보이는 겉모습과는 달리 절대 만만하지 않은 사람들이다.

　만만한 것은 둘리틀과 나였다. 헬싱키를 떠나 첫 번째 목적지인 피스카스로 향하면서, 상당히 주의를 기울였는데도 속도위반을, 그것도 세 번이나 네 번쯤 저지르고 만 것 같았다.

　'찌빠로봇'을 닮은, 동그란 눈 두 개가 달린 조잡한 금속 직육면체가 길가에 놓여 있기에 저게 뭘까 의아했는데, 그러고 보니 아까 카메라가 그려진 노란색 과속 경고 표지판을 본 기억이 났다.

　"그게 과속 단속 기계였나 봐! 좀 천천히 가!"

　"쉽지 않아!"

　"뭐라고?"

　"천천히 운전하는 게 생각만큼 쉽지 않다고!"

둘리틀의 말이 맞았다. 과속하지 않기가 어려운 상황이다. 가는 길도 하나, 오는 길도 하나인 왕복 2차선 도로였는데 차가 워낙 없다 보니 속도감이 잘 느껴지지 않았다. 느리게 운전하려고 의식적으로 주의를 기울여도 어느 순간 퍼뜩 속도계를 보면 제한 속도(구간에 따라 50~100km 사이다.)보다 훨씬 빨리 달리고 있었다. 게다가 한국과는 너무 차이가 나는 핀란드 특유의 단속 시스템 때문에 과속 기계에 자꾸만 걸리고 말았다. 과속을 경고하는 안내판이 나오고 나서 1~2분쯤 지나 과속 단속기가 나타나는 한국과는 달리 핀란드는 표지판이 나온 후 길게는 무려 15분쯤 시간을 끌고서야 단속기가 등장했다. 심리학자나 의학자의 자문을 받아 만든 단속 시스템 같다. 느리게 달려야만 한다는 기억이 가물가물해질 무렵 흉측한 찌빠로봇이 돌연 등장, 마음을 놓고 있던 운전자의 뒤통수를 치는 것이다. 걸렸지롱!

"물가가 비싸니 교통 범칙금도 엄청날 거야. 이러다간 렌트비보다 더 나오겠다."

핀란드를 포함, 북유럽 국가들에 대해 우리가 확실히 알고 있는 사실은 다음의 두 가지다.

첫째, 춥다는 것. 둘째, 비싸다는 것.

전자가 위도 때문이라면 후자는 높은 GNP와 더불어 너무 적은 인구 때문이다. 커다란 땅덩어리는 대부분 텅 비어 있다. 핀란드의 면적은 한반도의 1.5배가 넘지만 총인구는 우리나라 10분의 1에도 못 미치는 500만 명. 수도 헬싱키의 인구라고 해

봐야 귀엽게도(?) 50만 명이다.

적은 인력만으로 시스템이 무리 없이 돌아가도록 정교하게 고 안된 사회다. 어떤 호텔에 가더라도 동남아처럼 손님만큼 많은 숫자의 종업원들로 북적거리는 모습은 볼 수가 없다. 꼭 필요한 자리에 한 명, 많아야 두 명. 어떤 곳은 아예 무인으로 운영된다.

무인으로 운영되는 호텔 사우나도 있다. 사우나의 출입구에 키카드를 꽂자 문이 열린다. 안에 들어가 옷을 벗고 텅 빈 사우 나에 들어간다. 다시 옷을 입고 나와 문을 닫자 철컥 자동으로 잠긴다. 직원은 아주 가끔 들어와 타월을 갈 뿐이다.

아침을 먹는 사람들로 가득 찬 식당에도 직원은 바닥난 음식 을 채워 넣는 한두 명뿐이다. 식당으로 들어서는 사람들을 자리 로 안내하지도, 커피를 따라 주는 일도 없다. 웬만한 일은 스스 로, 그렇지 않으면 그에 따르는 추가 비용을 감수해야 한다. 실 용적이고, 독립적이고, 철저하다.

이런 시스템이 보편화된 것은 높은 인건비와 적은 인구 문제 뿐 아니라 핀란드 인의 성격에서도 찾아볼 수 있다. 핀란드의 백 화점이나 상점은 계산대로 일부러 찾아가야만 직원과 이야기를 할 수 있을 정도로 손님에 대한 간섭이 없다. 스칸디나비아적 고 독은 백야의 하늘 아래 대자연에서만 흐르는 것이 아니라 도시 곳곳에서도 느껴진다.

차를 렌트하기로 예약한 허츠(Hertz) 사무실도 텅 빈 공간에 여 직원 혼자 우두커니 앉아 업무를 보고 있었다. 극점에 가까운 나

✛ 호수가 보이고 이웃과 떨어진 오두막

라다운 풍경이다. 단 한 사람.

"원래 예약했던 볼보 S40보다 상급 모델인 XC60입니다."

짧지만 실속 있는 한마디였다.

헬싱키를 빠져나갈 때에는 수많은 차들이 복잡하게 뒤엉켜 몸부림을 치는 듯 혼란스럽더니 곧 아주 한적한 길이 펼쳐진다. 하얀 자작나무와 불그스름한 소나무가 높은 벽을 이룬 듯 도로 양쪽으로 계속해서 늘어서 있는 시골길이다.

땅은 아주 평평하다. 동북쪽을 제외한 핀란드 국토의 대부분이 이런 평지로 이루어져 있다. 언덕이 없고 숲과 호수가 많은 지형이다.

"핀란드에는 오두막이 170만 개가 있대. 젊은이들이 사회에 나가서 자동차보다도 더 먼저 장만하고 싶어 하는 게 숲 속의 오두막이라는 거야. 오두막을 성공적으로 지으려면 먼저 완벽한 자리를 찾는 게 중요하대. 완벽한 자리가 어떤 것이냐 하면 호수가 훤히 보이고 이웃 오두막들은 하나도 안 보이면 그게 바로 좋은 집터를 찾아낸 거래."

슈퍼마켓에 들러 생수를 한 병 샀다. 물, 채소, 고기, 휴지, 맥주, 모든 게 하나도 빠짐없이 골고루 비싸다. 화장실 이용료도 1유로다. 발트 3국에서보다 세 배에 달하는 금액이다. 이렇게 해서 부국이 됐나. 숙소에 도착할 때까지 꾹 참아 볼 충분한 이유가 됐다. 아껴야 잘살지요.

단조로운 숲길이 이어지더니 푸른 들판이 펼쳐진다. 풀을 뜯는 갈색 말들, 지붕이 빨간 나무집들, 하얀 펜스. 그림책에나 나올 법한 평화로운 시골 풍경이다.

보이지 않는 것은 사람뿐이다. 어디에도, 아무도 없다. 이 거대한 초원 자체가 무인 시스템으로 운영되고 있는 것처럼.

"어디 적당한 곳에 차를 좀 세워 봐."

운전하는 둘리틀에게 말했다.

이런 시골에 공중화장실이 있을 리 없다. 온통 허허벌판이다. 드넓은 들판에 사람은 없다. 은밀하게 일을 보기에 적당한 환경이다. 덤불과 나무들로 아늑하게 그늘진 천연의 화장실이 어디쯤 있을까.

"뭐해? 빨리 아무 데나 으슥한 곳에 차를 좀 세워 보라니까. 더 이상 못 참겠어."

"세우기가 힘들어!"

핀란드에서 운전하는 또 다른 어려움은 갓길의 부재다. 어찌 된 일일까. 잠깐 세울 만한 곳이 눈에 띄지 않았다. 한적한 길이 지만 세울 곳을 찾기 위해 속도를 줄이다 보면 뒤에서 귀신처럼 다른 차가 나타났다. 아니면 버스 정류장임을 알리는 표지가 세워져 있거나.

"지나다니는 사람 한 명 없는데, 설마 버스가 그렇게 쉽게 오겠어? 한 시간에 한 대쯤 다니는 버스일 거야. 급하다, 저기 정류장 표시 있는 곳에 그냥 세워 봐!"

내 말대로 둘리틀이 차를 세우려는 순간, 마술처럼 백미러에 버스가 한 대 나타났다. 급히 액셀을 밟아 그곳을 떠날 수밖에.

"인적 없는 시골인데 잠깐 일을 볼 만한 곳을 하나도 찾을 수가 없다니, 세상에 어떻게 이럴 수가 있지?"

더욱 놀라운 것은 모처럼 샛길이 눈에 띄어 들어가 보면 덤불 너머에 아담한 오두막이나 주택이 초소처럼 세워져 있었다. 신비롭다. 바깥에서는 전혀 보이지 않는데 들어가 보면 여지없이 인가가 있다. 이것이 바로 핀란드의 집짓기 방식인가.

"하나 더 가서, 그래, 저 길, 저 길로 들어가 봐! 어서!"

"하지만 집이 있는데? 저쪽에, 농장 같은 집이 있어."

"더 이상 못 참겠어. 농장이 있든 아파트가 있든, 이젠 못 참겠다고. 어서 들어가!"

어느 덤불 옆 샛길 가장자리에 마침내 차를 세웠다. 농장은 약 100미터 이상 떨어져 있었다. 이런 거리에서 육안으로 뭔가를 식별하기란 불가능하다. 봐도 할 수 없다. 사정이 급해진 나는 덤불로 총알처럼 뛰어들었다.

"야, 야! 트럭 들어온다!"

단 몇 초도 마음 놓을 틈을 안 주는 동네였다. 둘리틀의 다급한 고함 소리가 들리는가 싶더니 곧 자욱한 흙먼지를 일으키며 거대한 덤프트럭이 좁은 길을 비집고 들어왔다. 완벽한 타이밍이다. 나는 바지춤을 움켜쥔 채 덤불 속으로 넙죽 엎드렸고 둘리틀이 팔을 쩍 벌린 채 내 앞을 막아섰다.

덤프트럭 운전사는 창문 너머로 고개를 내밀고 의아한 표정을 지었다. 이내 우리를 지나쳐 농장으로 향했다.

"진짜, 지독한 나라구만."

누가 먼저라고 할 것도 없이 탄식한 말이다.

노상방뇨 한번 마음 놓고 못하는 곳이란. 만만치 않다. 순찰 도는 경찰이나 경고 표지판 하나 없는데도 은밀한 욕구를 해결할 주인 없는 땅 한 조각 찾기 힘든 광활한 벌판이여.

핀란드의 인구는 겨우 500만 명이지만 그들이 이 나라에서 각각 둥지를 틀고 앉은 위치와 방식은 너무나도 절묘해 설령 서로의 모습이 보이지 않는다고 해도 한 명은 다른 한 명으로부터 그다지 멀리 떨어져 있지 않다. 핀들은 적은 인원으로 큰 땅을 사수하는 방법에 도통한 민족이다. 나머지들과 너무 멀리 떨어지면 언젠가는 바깥으로 통 튕겨 나가 다시는 궤도에 진입할 수 없음을 잘 알고 있는 사람들.

당신이 혼자라고?

음.

핀란드에서, 그것은 아마 착각일 가능성이 높다.

《화내지 않고 핀란드까지》(시공사, 2011)

⏻ 핀란드의 건축 교육

한국 사람들이 의사, 변호사를 선망하는 것처럼 어느 사회나 선호하는 직업군이 있습니다. 학력과 직업 차별이 비교적 적은 핀란드에서도 선망 받는 직업이 있습니다. 바로 건축가입니다. 북유럽에 자리 잡은 핀란드는 겨울이 유난히 깁니다. 춥고 어두운 겨울 내내 실내에서 생활해야 하는 핀란드 사람들에게 집은 생존과 직결된 문제입니다. 그런 이유로 건축가의 위상도 높아졌습니다.

사교육이 거의 없는 핀란드지만 건축 사교육만은 예외입니다. 1996년 설립된 '아르키(Arkki) 건축학교'에는 현재 4세에서 19세까지 약 400명의 학생이 매주 정기적으로 건축 교실에 참여하고, 단기 강좌에도 매년 1000명 이상이 등록하고 있습니다.

가장 어린 4~6세 반에서는 돌, 플라스틱, 나무, 모래 등의 재료를 이용해 자신이 생각하는 건축 모형을 만듭니다. 아이들은 눈으로 보고 손으로 만지고 코로 냄새를 맡는 등 그야말로 오감을 활용해 기초 건축 재료의 질감, 용도 등을 자연스럽게 배워 나갑니다.

매년 여름에는 '오두막 짓기 프로젝트'가 진행됩니다. 오두막을 만들기 전 아이들은 시대와 문화별로 다양한 오두막에 대해 공부합니다. 그 후 주변 자연에서 얻을 수 있는 재료와 그 용도에 대해 조사합니다. 오두막의 구조, 지지대의 연결법과 매듭 묶는 법, 오두막을 덮을 천을 염색하는 법 등도 배웁니다. 이 작업을 통하여 건축학 외에도 천연 재료를 통해 자연과학을, 과거의 오두막을 조사하며 역사를, 다양한 문화의 오두막을 접하며 사회문화와 인류학을, 오두막의 구조와 공간 개념을 익히며 물리와 수학을 덤으로 배울 수 있습니다. 물론 이 모든 작업이 그룹별로 이뤄져 협동심, 사회성도 함께 배우게 됩니다. 오두막을 지으며 돌발적으로 발생하는 상황에 대처하며 단순한 지식을 넘어서는 순발력, 창의력, 문제 해결 능력까지 키울 수 있다고 합니다.

1 다음의 항목에 대해서 핀란드와 우리나라의 다른 점을 비교해 보고, 이를
  통해 알 수 있는 핀란드 사람들의 성격을 생각해 봅시다.

	핀란드	우리나라
계절적 특징		
과속 단속 방법		
인구수에 따른 상점 운영 방법		

2 핀란드의 젊은이들이 사회에 나가서 자동차보다도 오두막을 더 먼저 장만
  하고 싶어 하는 이유는 무엇일지 생각해 봅시다.

✚ 오베르 교회

2

유럽을 여행하는
정석 따윈 없다

차영진

고흐에게로 가는 길

북역 코인 로커에 짐을 맡겼다. 고흐가 말년을 보낸 오베르 쉬르
우아즈에 다녀와서 밤기차를 이용해 곧바로 뮌헨으로 떠나는 것
이 하루의 계획이었다. 뮌헨에서는 세계적인 맥주 축제 '옥토버
페스트'가 한창이었다. 워낙 유명하다 보니 숙박비가 천정부지
로 올랐고, 이제는 거액을 들여도 아예 숙소를 잡을 수 없는 지
경에 이르고 있었다. 매년 반복되는 현상이라서 1년 전부터 숙소
를 예약해 두는 이도 있다고 했다. 덕분에 나 역시 숙소 확보에
애를 먹었다. 옥토버 페스트의 끄트머리쯤에 뮌헨에 도착할 수
있도록 일정을 조정하는 데는 성공했지만 모든 숙소가 만원이었
다. 그러다가 파리에서 국제전화를 여러 차례 돌린 끝에 원래 가
격의 두 배를 주고 숙소 하나를 간신히 잡았다. 기차 예약비까지

비싸게 물었으니 안전하게 뮌헨에 도착해 원 없이 축제를 즐겨야 본전을 뽑을 수 있을 것이다.

파리에서 오베르 쉬르 우아즈까지는 열차로 한 시간 정도가 소요된다고 했는데, 중간 지점에서 다른 노선으로 갈아타야 했다. 환승을 위해 역무원이 알려 준 정거장에서 내렸는데 환승 표시가 눈에 띄지 않았다. 현지인이 나타나면 환승 방법을 물어보려고 했지만 플랫폼은 물론이고 출입구 근처까지 개미 새끼 한 마리 얼씬하지 않았다. 한참 동안 플랫폼을 두리번거리다가 멀리서 걸어오는 건장한 청년 두 명을 발견했다. 혼자서 보낸 시간이 어찌나 적요했는지 원군을 맞이한 것처럼 반가웠다. 그들에게 환승 방법을 물었더니 자신들도 같은 방향으로 간다며 따라오란다. 변성기를 시원하게 치른 듯 굵고 단단한 목소리가 믿음직스럽게 느껴졌다.

잠시 후 열차가 도착했고, 그들을 따라 열차에 올랐다. 그리고 빈 좌석에 마주 보고 앉았다. 처음 볼 때는 스무 살은 족히 넘어 보였던 그들은 대화를 나눠 보니 고등학생들이었다. 도대체 뭘 먹었기에 이렇게 발육이 남다른 것일까. 자신들을 학교 축구팀 대표선수라고 소개하기에 여학생들에게 인기가 많겠다고 했더니 그들은 얼굴이 벌겋게 달아올라서는 어쩔 줄 몰라 했다. 그제야 영락없는 고등학생의 모습이 보였다. 탑승 후 두세 정거장쯤에서 그들은 나에게 30분쯤 더 가라고 일러 준 후 열차에서 내렸다.

창밖으로 펼쳐지는 파리의 교외 풍경을 감상하며 다시 목적지인 오베르 쉬르 우아즈로 향했다. 40분쯤이 지났을까. 그런데도 목적지는 나타나지 않고 있었다. 그들의 설명대로라면 이미 등장했어야 했다. 더 기다려 보기로 했다. 그러나 41분이 지나서도 깜깜무소식이었다. 건너편에 앉은 승객에게 오베르 쉬르 우아즈 역까지 몇 정거장이나 남았느냐고 물었다. 그랬더니 주변 승객들 대여섯이 일제히 나를 돌아보면서 열차를 잘못 탔다고 하는 것 아닌가. 지금 탄 열차는 반대 방향도 아닌 아예 다른 곳으로 가는 열차란다. 1호선 신도림역에서 인천행으로 환승하려다가 천안행으로 환승해 수원까지 와 버린 셈이었다. 그러니까 사자성어로 '이런젠장'한 상황을 맞이하고 만 것이다. 그제야 녀석들이 고등학생임을 간과한 것이 후회되었다. 어찌 그리 서양 놈들은 한 놈도 빠짐없이 겉늙어 보이는지. 이번에는 저 두 녀석의 곰삭은 외모에 당하고 말았다. 다음 날 아침, 교실에서 친구들을 모아 놓고 내 얘기를 떠벌리고 있을 녀석들의 얼굴이 눈에 선했다.

"어제 말이야, 기차역에서 멍청한 동양인 하나를 엉뚱한 열차에 실어 멀리 보내 버렸어! 그 양반 아직도 길을 못 찾고 헤매고 있을 거야! 푸하하하!"

한참을 고생한 끝에 결국 오베르 쉬르 우아즈 역에 도착하기는 했지만 시간이 예상보다 두 시간 이상 지체돼 있었다. 화를 가라앉히기 위해 반 고흐 공원에 자리를 잡고 앉았다. 초등학교 때 여름 성경학교에서 배운 주기도문과 중학교 때 교학 시간에 외운 반야심경을 몇 차례 읊어 봤지만 분이 풀리지 않았다. 녀석

✦ 오베르 쉬르 우아즈 역

들이 한국으로 여행을 오면 시베리아로 보내 버리겠다고 결심하
며 한참을 씩씩거렸다.

고생 끝에 도착한 오베르 쉬르 우아즈는 다행히도 아름다운 곳
이었다. 고흐가 살던 방이 있는 고흐박물관을 거쳐 시청과 오베르
교회까지 고흐의 그림 속 배경들을 돌아보았다. 내친 김에 고흐의
마지막 작품 〈까마귀가 나는 보리밭〉의 배경이자 그가 권총으로
자살을 기도한 장소인 보리밭 언덕까지 올라갔다. 사방으로 펼쳐
진 스산한 풍경이 고흐의 삶을 참 많이 닮아 있었다. 그림의 배경
이 된 모든 장소들은 그림 속 모습과는 달리 무척이나 소박했다.
그 평범한 풍경들에 그처럼 멋지게 생명력을 불어넣다니 고흐가
새삼 존경스러웠다. 좋은 도구와 근사한 소재가 아니어도 걸작을
만들 수 있다는 교훈 앞에서 고개를 숙이지 않을 수 없었다. 근처

어딘가에서 값싼 미술 재료와 캔버스를 펼쳐 놓고 그림을 그렸을 먼 과거의 고흐의 모습이 떠올랐다. 뭉클했다.

보리밭 옆 공동묘지에는 고흐가 동생 테오와 함께 나란히 잠들어 있다고 했다. 농기구를 들고 가던 촌로의 도움으로 그들의 무덤 앞에 섰다. 가난에 허덕이면서도 끊임없이 삶을 긍정하며 불꽃같은 예술혼을 쏟아 낸 형과 그 형을 위해 평생 동안 후원을 아끼지 않았던 동생. 그들의 무덤 앞에 서 있자니 그 눈물겨운 우애에 마음이 찡했다. 손을 맞잡은 듯 나란히 놓인 두 사람의 무덤이 참으로 아름다웠다.

이미 두 시간을 까먹은 터라 서둘러 기차역으로 향했다. 이번에 도착하는 열차를 타야 뮌헨행 열차를 놓치지 않을 것이다. 역에 도착해서 보니 열차가 도착하려면 20분 정도가 남아 있었다.

원래는 이 마을에서 점심 식사를 하려고 했는데 두 시간을 날리는 바람에 식사를 하지 못했다. 아직 여유가 있는 것 같아 먹을거리를 사기 위해 슈퍼마켓으로 향했다. 역 바로 옆에 슈퍼마켓이 있으니 오고 가는 시간을 합쳐 10분이면 족할 것이다.

그러나 계산대에서 문제가 발생했다. 내 앞에 선 사내가 와인을 박스째로 구입했는데 점원이 가격을 확인하지 못해 쩔쩔매며 시간을 끌었던 것이다. 째깍거리는 초침 소리가 초조함을 부추겼지만 어쩔 수 없이 일이 해결될 때까지 기다려야 했다. 다행히도 몇 분 후 사태가 수습되었고, 황급히 계산을 마친 나는 빠른 걸음으로 슈퍼마켓을 빠져나왔다. 시계를 들여다보니 열차가 출발하려면 아직 5분이 남아 있었다. 그래도 불안한 마음이 들어 역으로 달려갔다. 그런데 아뿔싸, 저만치로 열차가 꼬리를 보이며 멀리 멀어져 가고 있었다. 아니, 아직 시간도 안 됐는데 벌써 출발을 하다니. 전속력으로 추격을 해 보았지만 역부족. 열차는 수금을 끝낸 고리대금업자처럼 싸늘한 뒷모습을 보이며 멀어져 갔다. 이렇게 해서 나는 또다시 '이런젠장'한 상황을 맞이하고 말았다. 시계를 들여다보니 출발까지 아직 4분이나 남아 있었다. 유럽은 시간 개념이 정확한 곳이라고 들었는데 꼭 그런 것만은 아닌 모양이었다.

올 때도 그렇고 갈 때도 그렇고 왜 이렇게 운이 없을까. 뮌헨행 열차를 탈 수 없다는 생각에 망연자실해 있는데, 중년의 서양인 커플 한 쌍이 나타났다. 미국에서 온 데이빗과 레이첼이었다.

그들 역시 안색이 좋지 않은 것 같아 사정을 물어보았더니 아니나 다를까 그들도 이번 열차를 꼭 타야 했는데 아쉽게 놓쳤단다. 서로 위로를 주고받다 보니 마음이 조금 편안해졌지만 나만 남겨 두고 떠날 뮌헨행 열차를 생각하니 다시 마음이 무거워졌다. 그런데 계산을 따져 보니 이번에 들어올 열차가 아까처럼 제 시간보다 조금만 먼저 도착해 주고, 내가 환승역과 파리 북역에서 전속력으로 달린다면 아슬아슬하게 뮌헨행 열차를 탈 수 있을 것 같기도 했다.

그러나 다음 열차는 제 시간보다 10분이나 더 지나서야 모습을 드러냈다. 데이빗과 레이첼은 열차 안에서 열심히 수습 방안을 모색했지만 나는 아무 생각도 떠오르지 않아 그냥 멍하니 창밖만 바라보았다. 잠시 후 데이빗이 말을 걸어 왔다. 음악을 좋아하느냐는 것이었다. 그러고 보니 그는 아까 자신을 대학 교수이자 두 장의 앨범을 낸 록커라고 소개했다. 대화에 응할 기분은 아니었지만 인상 쓰고 있는 것보다는 그와 이야기라도 나누는 게 나을 것 같았다.

나도 데이빗처럼 록밴드 활동을 했다. 프로 생활까지 넘본 건 아니었지만 그저 재미로만 한 것은 아니었고, 기간도 짧지 않았다. 약 7년쯤 했고 포지션은 보컬이었는데 그 밖의 이력까지 모두 합치면 15년 이상 노래를 불렀다. 이제는 퇴물이 되었지만 여전히 음악을 가까이 하고 있었다. 내 이력과 음악 취향을 확인한 데이빗이 갑자기 내가 알 만한 노래를 추려서 하나씩 부르기 시작했다. 따라 부르라는 것이었다. 서양인들은 호응을 이끌어 내고자 할 때 왜 그렇게 눈을 빤히 쳐다보는지 참으로 난감한 상황이 아닐 수 없었다. 노래를 부를 기분은 아니었지만 그 눈빛이 부담스러워 두어 곡쯤 부르는 척을 했다. 내 기분을 풀어 주려 애쓰는 데이빗의 마음이 고맙게 느껴진 때문이기도 했다.

내 목소리가 줄어들자 데이빗이 이번에는 나에게 어떤 뮤지션을 좋아하느냐고 물었다. 깊이 생각할 경황이 없어서 무난하게 비틀즈를 좋아한다고 대답했다. 그랬더니 이번에는 비틀즈의 히트곡을 부르기 시작했다. 첫 곡은 〈올 유 니드 이즈 러브〉였다. 이 노래를 배경 음악으로 삽입해 세계적으로 흥행한 영화 〈러브 액츄얼리〉의 여파인 듯했다. 물론 가사도 좋고, 선율도 좋은 곡이지만 목청 높여 노래할 기분이 아니었다. 무엇보다 후렴을 빼고는 가사를 잘 모르기도 했다. 내가 시큰둥한 반응을 보이자 이번에는 그가 〈예스터데이〉를 아느냐고 물었다. 세상에 〈예스터데이〉를 모르는 사람이 어디 있을까. 더욱이 〈예스터데이〉는 나에게 그냥 아는 정도의 곡이 아니라 고교 시절의 십팔번이었다.

고등학교 때 나는 학교 중창단으로 활동했는데, 수업 중 급우들이 졸음에 시달릴 때면 각 과 선생님들은 중창단 멤버를 교단으로 불러내 노래를 시키곤 했다. 그때 내가 가장 자주 불렀던 곡이 〈예스터데이〉였다. 졸업을 하고 몇 년이 지나 치러진 동창 모임에서 그 시절이 기억났는지 "예스터데이!"라고 외치며 나를 반긴 친구도 있었다. 데이빗에게 그 사실을 알려 주었더니 그가 함께 불러 보자고 재촉하기 시작했다. 그리고 지금까지 계속 그랬듯 내가 동의도 하기 전에 서두를 뗐다. 노래에서 대화 쪽으로 분위기를 바꿔 보려고 그 사연을 들려준 것인데 수를 잘못 쓰고 말았다.

짧은 전주를 입으로 연주한 그가 명랑한 표정으로 '예스터데이 올 마이 트러블 심드 소'를 읊조리기 시작했다. 그러나 추억은 추억이고 현실은 현실이었다. 뮌헨행 열차가 물 건너가고 있고, 두 배의 비용을 주고 어렵게 잡은 숙소가 공중분해되고 있는 이 마당에 왕년의 십팔번이 무슨 소용이 있을까. '이제 좀 조용히 쉬게 해 주면 안 되겠냐'는 말이 입 안에서 맴돌았다. 그러나 호의로 가득한 그의 표정이 발언을 가로막았다. 어차피 피할 수 없는 거 제대로 한번 불러 주고 이 무모한 싱어롱을 끝내기로 했다. 울며 겨자 먹기로 노래를 따라 부르기 시작했다.

그런데 오랜만에 왕년의 십팔번을 부르다 보니 주책인 줄도 모르고 흥이 살짝 올라 버렸다. 그것도 모자라 멜로디를 선창하고 있는 그의 목소리에 화음까지 입혀 버렸다. 습관이 문제였다. 고교 시절 3년 동안 중창단에 있으면서 매일같이 무반주로 화음을 연습했다. 대학 때도, 그 이후에도 내 역할은 주로 화음 담당이었다. 〈예스터데이〉는 코드 진행이 난해한 소절이 몇 군데 있어 방심했다간 불협화음이 나기 십상이다. 시키지도 않은 화음을 만들어 내고 있으니 실수를 하면 대망신이다. 이미 물을 엎질렀으므로 아주 세심하게 화음을 입혀야 했다. 어려운 소절들에서 실수가 없는 것으로 보아 다행히도 화음 감각은 별로 녹슬지 않은 듯했다. 문제는 주변의 승객들이 고개를 돌려 우리를 바라보기 시작했다는 점이다. 그것도 그냥 바라보는 게 아니라 눈동자에 기대감을 가득 채운 채로 무슨 콘서트라도 관람하듯이. 데이빗과 레이첼만 들으라고 작은 소리로 불렀을 뿐인데 상황이 예상 밖으로 커져 버렸다.

남들의 시선을 받으며 노래를 부를 때가 아니었다. 머릿속에서는 뮌헨행 열차가 신나게 경적을 울리며 플랫폼을 출발하고 있었다. 주변의 시선에 신경이 쓰여 열심히 부르다 보니 결국 실수 없이 노래를 마무리했다. 노래가 끝나자 갑자기 객실 곳곳에서 박수가 터져 나왔다. 노래를 시작할 때까지만 해도 전혀 예상하지 못했던 상황이다. 시계를 보니 뮌헨행 열차를 타기는 완전히 그른 듯했다. 그 와중에도 박수 소리는 여전했다. 그림이 이게 아닌데, 내가 이러자고 여기까지 온 게 아닌데. 노래는 그것으로 마지막이었지만 암울한 기분은 오래도록 가시지 않았다. 내가 그러거나 말거나 차창 밖으로는 '이런젠장'한 풍경들만이 끝없이 펼쳐졌다.

파리가 섹시한 이유

북역에서 짐을 찾아 해바라기 민박으로 향했다. 파리로 돌아오는 동안 뮌헨까지 갈 수 있는 방법이 뭐가 있을지를 고민하며 잔뜩 골머리를 싸맸는데 다행히도 북역에 도착하자마자 이튿날 새벽 출발하는 뮌헨행 열차표를 구할 수 있었다. 예약비를 다시 물어

124

야 했지만 그래도 다행이 아닐 수 없었다. 하지만 일단은 어딘가에서 하룻밤을 보내야 했다. 딱히 생각나는 곳도, 역 근처의 숙소를 찾을 기력도 없었다. 해바라기 민박밖에는 갈 곳이 없었다. 민박집에 도착해 문을 열고 들어서자 주인아주머니가 깜짝 놀라며 나를 맞이했다. 자초지종을 설명했더니 늦은 시간인데도 금세 저녁상을 차려 주셨다. 이런 대접이 이번이 처음이 아니었다. 한시가 아까워 밤늦게까지 파리 곳곳의 볼거리들을 구경하고 귀가하면 아주머니는 싫은 내색 없이 독상을 차려 주시곤 했다.

식사를 마치고 숙박비를 지불했다. 그런데 아주머니가 기찻삯에 숙박비까지 안 써도 되는 돈을 쓰게 생겼는데 어떻게 숙박비를 다 받겠느냐며 5유로를 거슬러 주셨다. 그리고 다시 고흐의 방처럼 생긴 그 아담한 독방을 내주셨다. 5유로 더 낸다고 별 탈이 있는 것도 아닌데, 도미토리(여러 명이 공동으로 사용하는 숙소) 침대에서 자도 상관없는데, 그 마음이 고마웠다.

새벽에 누군가 노크하는 소리가 들렸다. 시계를 보니 6시. 이런이런, 늦잠을 잤다. 5시 30분에 알람이 울렸어야 했는데 알람 소리를 전혀 듣지 못했다. 확인해 보니 알람을 잘못 맞춰 놓았다. 노크 소리를 듣지 못했다면 열차를 또 놓칠 뻔했다. 황급히 짐을 꾸려 거실로 내려갔더니 아주머니께서 라면을 끓여 놓고 기다리고 계셨다. 숙소에서 정해 놓은 아침 식사 시간은 원래 8시. 그런데 아주머니께서 새벽같이 일어나 나를 깨우시고 아침 식사까지 차려 놓으신 거다. 후다닥 식사를 마치고 대문을 나서려는데 아주머니께서 나를 불러 세우셨다. 그리고 생수 한 통을 안겨 주셨다. 아, 이렇게까지 안 하셔도 되는데……. 감사하다고 인사는 했지만 그냥 돌아서려니 미안했다. 드릴 것이 아무것도 없어서 있는 힘을 다해 포옹을 해 드렸다. 모처럼의 포옹이 나로서도 쑥스러웠지만 아주머니가 더 쑥스러워하시는 것 같아서 아무런 내색을 할 수 없었다.

아주머니는 파리에서 사신 지 10년 차에 접어든 조선족이셨다. 직장 생활을 하는 아저씨와 돈을 벌기 위해 파리로 오셨다고 했다. 연변에 두고 온 아들과는 지난 10년 동안 한 번도 만나지 못하셨단다. 떠나올 때는 꼬마였던 아들이 지금은 훌쩍 커서 청소년이 되었는데, 생활비는 계속 붙여 주고 있다지만 한창 클 때 곁에 있어 주지 못하는 것이 늘 미안하다고 하셨다. 파리를 여행하는 한국 젊은이들에게 은근한 사랑을 쏟고 계신 이유가 거기에 있었다.

나도 그 혜택을 많이 받았다. 느지막하게 돌아와 여행 수첩을 적고 사진을 저장하고 있으면 아주머니는 맥주를 꺼내 주시거나 와인을 한 잔씩 따라 주셨다. 이따금씩 당신의 잔에도 와인을 채우셨다. 파리에서 10년을 산 아줌마라면 와인도 멋스럽게 마실 줄 알아야 한다는 게 아주머니의 철학이었다. 설렁설렁 설명하시는 것 같아도 아주머니가 주시는 정보는 항상 정확했다. 가끔 싫지 않은 잔소리로 여행의 자세를 바로잡아 주시기도 하였다. 그런 아주머니에게 고맙게도 마지막까지 도움을 받고 떠나가게 되었다.

✚ 파리의 노천 까페

　뮌헨으로 가는 열차 안에서 음악을 들었다. 음악이 마음을 물
렁하게 만들었는지 파리에서의 일들이 주마등처럼 스쳐 지나갔
다. 파리는 다양한 인종들로 인산인해를 이뤘다. 세련된 이들은
샹젤리제를 폼 나게 활보했고, 가족과 연인들은 야외 어디로든
나가 오후의 햇살을 만끽했다. 심지어는 집 없는 이방인들, 정체
불명의 부랑아들, 그리고 힙합룩을 걸쳐 입은 터프한 거리 청년
들까지 모두 자신만의 영역을 아무렇지도 않게 차지하고 있었
다. 그렇듯 활기와 어지러움이 공존하는 도시가 바로 파리였다.
가장 인상적인 부분은 파리가 저 스스로 치부를 다 드러내 놓고
도 도도하기 이를 데 없다는 점이었다. 물론 그 안에는 어떤 균
형이 존재하고 있었다. 다들 각자의 삶을 살기에 바빠 보였지만

무슨 일이라도 생길라치면 희한하게도 어디선가 관심이 뒤따랐다. 그것이 이 도시를 끌고 가는 힘인 것 같았다. 언젠가 읽은 책에서는 파리에서는 지하철이 파업을 하면 시민들이 노조에 지지를 보내며 불평 없이 출퇴근을 한다고 했다. "당신의 사상에 반대하지만 그것 때문에 당신이 탄압받는다면 당신을 위해 싸울 것"이라는 볼테르°의 말이 그런 현상의 배경을 설명하고 있었다.

프랑스의 정신은 '똘레랑스',° 즉 관용으로 요약할 수 있다고 했다. 성별과 인종, 그리고 종교의 차별 없이 모두가 공평한 권리를 누리는 사회, 각자의 생각과 삶의 방식을 서로 존중하는 사회. 그것이 똘레랑스가 꿈꾸는 세상이라고 했다. 관용을 실천한 대가로 온갖 삶의 방식들이 모여들었고, 그래서 사회가 더욱 소란스러워졌지만 그 결과로서 파리는 다양성이라는 찬란한 가치를 빚어내고 있었다. 인종과 계급이 깔끔하게 청소된 사회가 아니라 온갖 인간 군상들이 모여 저마다 삶의 열의를 뿜어내는 사회가 프랑스 그리고 파리였다. 2007년에 열린 미스 프랑스 선발대회에서 소피 부즐로라는 청각 장애인이 2위에 입상한 것도 그런 맥락에서 이루어진 일인 듯했다. 성 상품화 논쟁을 벌이기에

• 볼테르 | 프랑스의 대표적인 계몽주의 철학자(1694~1778). 일찍부터 풍자 시인으로 이름을 얻었으나 뒤에 신앙과 언론의 자유를 추구하는 합리적인 계몽 사상가로 활약하였다. 작품에 철학 소설 〈캉디드〉, 〈자디그〉, 저서에 논문집 〈철학 사전〉 등이 있다.

• 똘레랑스 | 정치, 종교, 도덕, 학문, 사상, 양심 등의 영역에서 의견이 다를 때 논쟁은 하되 물리적 폭력에 호소하지는 말아야 한다는 이념을 말한다.

앞서, 우리로서는 전혀 상상할 수 없는 일이 지구 반대편에서 벌어지고 있었다. 프랑스에서 그녀는 차별의 대상이 아니라 다른 이들과 똑같은 성취욕을 가진 하나의 존엄한 인격이었다. 역 앞에서 소변을 보는 청년도, 지나친 구걸로 불편을 끼치는 걸인도 청소의 대상이 아니라 공존의 대상이었다. 그래서 나는 파리가 놀라웠다. 부조리와 모순을 끌어안을 용기가 없으면 절대 이룰 수 없는 '다양성'이라는 이름의 풍경이 파리에서 펼쳐지고 있었다. 그리고 그 뒤에서 관용의 정신이 빛나고 있었다.

스쳐 지나는 과객에 불과한 나 역시 난관에 부딪칠 때마다 낯선 이들에게서 도움을 받았다. 거리에서 길을 물었을 때 함께 발품까지 팔고도 길을 제대로 찾아 주지 못해 다시 관공서에 찾아들어가 길을 알아 온 이도 있었다. 이주 초기 현지인들에게는 낯선 이방인이었을 민박집 아주머니도 어느덧 행복한 삶을 누리며 당당하게 파리 거리를 활보하고 있었다. 민박집 아주머니뿐만이 아니었다. 수많은 이방인들이 현지인들과 한데 어울려 열심히 살아가고 있었다. 파리 최고의 벼룩시장이라는 쌩뚜앙 벼룩시장*에서 내 눈에 가장 자주 들어온 풍경도 그런 것이었다. 어느 아랍계 상인에게 바지 한 벌을 산 것도 그가 삶을 향한 열의로 눈빛을 가득 채우고 있었기 때문이다.

---

* 쌩뚜앙 벼룩시장 | 프랑스 파리의 북부 클리낭쿠르 역 근처 로지에르 거리에 위치한 벼룩시장으로, 규모가 가장 크고 오래된 시장이다. 매주 주말 수천여 개의 상점에서 다양한 고가구와 미술품, 중고 서적, 의류, 인테리어 소품, 음반, 생활용품 등이 거래된다.

✚ 생뚜앙 벼룩시장의 거리 일부

그런데 애석하게도 바지는 불량품이었다. 밤에 숙소로 돌아와 새로 산 바지를 입었을 때 허릿단을 잠그는 단추가 떨어져 버렸다. 두 개의 쇠붙이를 옷감의 안과 밖에 두고 서로 압축해서 고정한 니켈 단추였으므로 다시 꿰맬 수도 없었다. 그가 나에게 불량품을 팔았다고 생각하니 기분이 좋지 않았지만 살아남기라는 그 숭고한 행위에 삿대질을 하고 싶지 않아서 그냥 대충 고쳐서 입기로 했다.

단추는 그렇다 치고 바지의 길이가 무척 길었다. 서양인의 체격에 맞춰 만든 탓이었다. 밑단을 줄이려고 수선소의 위치를 물었을 때 아주머니는 이런 대답을 들려주셨다.

"아까 사 온 그 바지 때문에? 총각이라고 멋 부릴라 그러는구나. 에이그, 괜히 그런 데 돈 쓰지 말고 그냥 접어서 입어. 그리고 여기는 한국이 아니라 파리잖아. 파리에서는 다들 자기 스타일대로 입고 다녀. 피해만 받지 않으면 서로 간섭도 안 하지. 그래서 파리가 멋진 거야. 그리고 유행 그거 아무 소용없잖아. 길면 접어 입고 짧으면 풀어 헤치고, 그게 멋 아닌가?"

곱씹어 보니 파리가 추구하고 있는 정신적 가치를 설명해 주는 말씀이었다. 각자의 삶의 방식을 존중하는 사회, 소신껏 살아가는 게 미덕이 되는 사회. 그게 파리였다. 하여 나는 제법 길이가 길었던 새 바지를 그냥 접어 입기로 했다. 촌스럽기는 했지만 체면을 신경 쓰지 않아도 되는 방랑자 신세가 아니던가. 면도날이 낡으면 며칠 수염도 길러 보고 날이 너무 더우면 셔츠의 소매를 쭉 찢어 내 보는 것도 나쁘지 않을 것 같았다. 게다가 자신의 느낌대로 입는 것이 프랑스식의 패션 미학이라고 하지 않는가.

파리를 완벽한 도시라고 말할 수는 없을 것이다. 그리고 문명의 횡포가 이 도시를 비껴 갈 리도 없다. 파리가 나에게 좋은 경험만 제공한 것도 아니었다. 하지만 파리는 진보의 상징이자 철학의 도시답게 여전히 가장 먼저 세상을 열어 가고 있는 듯했다. 도처의 문화유산들까지 더해져 도시 전체가 찬란하게 빛나고 있었다. 크고 작은 온갖 물줄기들을 받아들임으로써 바다가 그 광대한 크기를 실현했다면, 파리는 인간 세상의 크고 작은 현상들을 고스란히 받아들임으로써 세계 최고의 도시로서 위풍당당하게 서 있었다.

열차가 계속 달리고 있었다. 갑자기 가슴이 먹먹해졌다. 그리고 닭똥 같은 눈물이 쏟아졌다. 뭐가 그렇게 북받쳤는지 모르겠다. 흐릿한 시야로 창밖을 바라보며 가족과 이웃을 생각했다. 그리고 오베르 쉬르 우아즈로 가는 길에 나를 엉뚱한 기차에 실어 보낸 그 녀석들을 용서하기로 했다. 사춘기에 짓궂게 커 갈 자유라는 게 있는 법이다. 나도 그걸 누리며 성장했다. 지금은 점잖은 청년 목사가 된 내 친구 만국이는 고등학교 때 나보다 더한 짓도 서슴지 않았다. 그러니 그 두 녀석들도 충분히 그럴 수 있는 것이다.

파리는 참으로 눈부신 곳이었다. 울퉁불퉁한 데는 울퉁불퉁할 줄 알고 모양을 낼 데는 모양을 낼 줄 아는 감각적이고 깊이 있는 도시가 파리였다. 그런 식의 섹시함이 적잖이 탐났다. 쉬지 않고 달리는 열차 안에서 나도 그런 모습을 가진 사람이 되었으면 좋겠다는 생각을 하고 또 했다.

《유럽을 여행하는 징식 따윈 없다》(에딴, 2011)

(b) 옥토버페스트(Oktoberfest)

독일 뮌헨에서 열리는 세계 최대 규모의 축제입니다. '옥토버페스트'는 브라질의 '리우 축제', 일본의 '삿포로 눈 축제'와 함께 세계 3대 축제의 하나로, 10월을 뜻하는 '옥토버 (Oktober)'와 축제를 뜻하는 '페스트(fest)'의 합성어입니다. 1810년 바이에른의 초대 왕인 루트비히 1세의 결혼식을 축하하기 위하여 열린 경마 경기에서 기원하였으며, 1883년 뮌헨의 맥주 회사들이 축제를 후원하면서 독일을 대표하는 국민 축제로 발전하였습니다.

축제 첫날에는 시민들이 왕, 왕비, 귀족, 광대, 농부 등으로 분장을 하고서 바그너가 세운 극장에서부터 시내를 행진합니다. 테레즈이엔 비제의 광장에는 400여 개의 텐트에서 음악과 함께 전 세계 유명 맥주들을 비롯하여 이날을 위해 특별히 준비된 생맥주를 즐길 수 있습니다.

보불 전쟁이 일어난 1870년, 콜레라가 발생한 1873년, 그리고 1, 2차 세계 대전 기간 동안을 빼고는 해마다 열렸으며, 매년 700만 명 이상의 관광객이 함께 즐기는 축제입니다.

1 글쓴이가 엉뚱한 기차를 태워서 자신을 괴롭힌 고등학생을 용서한 이유는 무엇인가요?

2 여러분이 살고 있는 곳의 매력은 무엇인지 이야기해 봅시다.

✛ 트로얀스키 수도원

3

여행
3일째

이승곤 외

어차피 행운유수, 어디로 향할까

일찌감치 눈을 떴다. 짐을 챙겨 그리스나 불가리아의 시골 어디로든 떠나기로 했다. 릴라는 불가리아의 동쪽 국경에 근접한 수도원이니 아침을 먹고 릴라 수도원에 들렀다 그곳에서 마케도니아의 수도로 가면 좋으련만, 호스텔 주인 아센에 의하면 그쪽에선 연결 차편이 없고 다시 되돌아와서 소피아를 거쳐야 마케도니아로 갈 수 있다고 한다. 릴라에서 남쪽으로 가면 그리스의 테살로니키(알렉산드로스 대왕의 고향)로 갈 수 있는데, 그러자면 중간 여정을 포기하고 '이동'에만 걸리는 긴 시간이 아깝다. 비행기에 오르기 전까지 며칠을 고민했건만 행선지 결정은 여전히 유보 상태다.

호스텔을 이용하는 게 호텔보다 좋은 점은 무엇보다 '현지 정보'를 얻을 수 있기 때문이다. 투숙객과 서로 안면을 익히면 자연스레 여행 경험을 나누게 되는데, 이때 똑똑하고 부지런한 젊은이를 만나면 행운이 아닐 수 없다. 그들에게서 얻는 최신 정보는 자세한 가이드북에 비할 바가 아니다. 또 호스텔 방명록에 적힌 기록은 꼭 한번 읽어 볼 가치가 충분하다. 그렇게 아센의 호스텔 식당에서 소피아 주변 산촌 여행에 대한 정보를 얻고, 발칸에서 가장 오래된 수도원이 있는 '트로얀'이란 곳을 목적지로 선택했다.

미루와 아내는 건초 더미에 묻혀 마차를 타고 포도 농장에 가보고 싶다며 노랠 하던 차였다. 친절한 아센의 도움을 얻어 지도에 경로를 표시하고 짐을 꾸렸다. 하루에 1인당 10유로씩 이틀치 숙박료 100유로를 지불한 후, 발칸 일정을 모두 마친 20일 뒤 (귀국 비행기 타기 전날)의 소피아 1박을 위한 예약도 해 두었다. 예전처럼 여행 후반에는 보다 '럭셔리한' 숙소를 잡아 미루 모녀에게 선심을 쓰고 싶었지만 트로얀행 버스 출발 시간 전에 터미널 가기도 바쁘고, 여정 후반의 마지막 일정 속에서 과연 숙소를 알아보고 다닐 시간 여유가 있을지 자신이 없었기 때문이다. 게다가 귀국 비행기가 새벽에 출발하니까, 미루와 아내가 먼저 제안하여 한 예약이니 이래저래 안심이다. 고생을 마다 않고 즐기는 아내와 미루, 바로, 길로가 고마울 따름이다.

우리는 중앙 버스 터미널로 가기 위해 트램(tram, 도심 도로로 다니는 전차) 정류장으로 향했다. 아이들 표도 사려고 했더니 노점상 아저씨가 아이들은 시내버스 요금을 내지 않아도 된단다. 어른 찻삯은 0.5레프, 우리 돈으로 300원 남짓. 그곳에서 중앙 터미널까지는 네댓 정류장 정도다. 대부분 영어가 통하지 않

✚ 불가리아 트램

지만 눈치껏 묻다 보면 도와줄 은인을 만나게 된다.

　평일의 트로얀행 시외버스는 오전 8시 30분, 12시 30분 두 차례뿐이어서 12시 30분 버스를 기다리기로 했다. 어른은 7레프, 어린이는 6레프로 요금 차이가 별로 나지 않는다. 남은 시간을 이용해 주변을 한 바퀴 돌았다. 터미널 앞에 있는 렌트용 차들의 하루 사용료가 요금표에 30~40레프라고 적혀 있다. 그렇게 쌀리가 없으련만 들어가 확인할 시간 여유가 없다. 게다가 그냥 쓰라고 차를 내줘도 쓰지 못할 형편이다. 이정표가 모두 키릴 문자여서 그걸 읽느라고 도로에서 시간을 다 허비해 버릴지도 모르기 때문이다.

친절한 그녀, 플로리다 아줌마

장마가 끝난 발칸의 하늘은 구름 한 점 없이 청명하다. 아늑한

산 중턱 마을 농가는 대부분 낡았지만 오렌지색 한 가지로 기와를 올린 아담한 2층 지붕이 산뜻하고 평화롭다. 버스는 정겨운 산골 마을을 지나 내를 건너고 포플러가 열을 지어 선 길을 따라간다. 잎 넓은 오크 숲을 지나 밀밭이 이어지는 들판을 달리고 또 달려간다.

명함보다 작고 얇은 하늘색 버스 티켓을 들여다보다 옆에 있는 아가씨에게 'БИЛЕТ'라는 단어를 물어보니 고개를 살래살래 저으며 웃는다. 그때 뒤에서 들려오는 아름다운 목소리.

"제가 도와 드릴게요."

열 살쯤 되어 보이는 딸을 데리고 앉은 부인이 상냥한 얼굴로 손짓한다. 5년 만에 딸을 데리고 친정에 가는 길이라는 플로리다 아줌마다. 그녀의 고향은 트로얀인데 음악을 전공해서 현재는 미국에 살고 있단다. 성악도였지만 지금은 피아노 레슨을 한다는 그녀와의 만남이 불가리아 여행을 위해 예정된 운명처럼 느껴졌다. 그녀는 트로얀 외에도 벨리코투르노보, 루세, 바르나, 부르가스 등에 대한 여행 정보를 알려 주고 트로얀이 흥미로운 이유를 자세히 설명해 주었다. 또 불가리아 특유의 음식과 음료 '보자(Boza, 꿀과 곡물 즙을 섞은 불가리아 전통 음료)'에 대해서도 알려 주었는데, 가장 결정적인 정보는 수도원 숙박이 가능하니 알아보라는 거였다. 공책 가득 적어 내려가는 그녀의 필기를 보며 친절한 가이드를 받는 그 시간이 어찌 그리 짧기만 한지. 꼭 고교 동창과의 조우 같기도 하고, 옆집 부인이랑 한 부엌에서 요리

하듯 편안하던 그 시
간. 자기가 가장 좋아
한다는 아리아를 몇
소절 불러 주기도 했
다. 그녀가 또박또박
적어 준 메모는 가정
과목 보충 수업인 셈.

✚ 불가리아 음료 Boza

그런데 종점이 트
로얀인 줄 알았던 버
스가 멈추더니 플로리다 아줌마가 짐을 들고 내리는 것이 아닌
가. 왜 그러는 걸까, 하며 무심히 바라보다 깜짝 놀랐다. 버스는
북쪽 국경 루세행이었고 트로얀은 그 중간 지점이었던 것이다.
아뿔싸! 화물칸의 짐을 내리고 배낭 수를 확인하느라 정신이 없
었다. 그 어수선함을 지나 안도할 새도 없이 중요한 두 가지 실
수를 깨달았다. 차 안에 두고 온 남편의 모자가 그 첫째이고, 더
욱 결정적인 것은 이름도 모르고 인사도 주소도 주고받지 못한
채 친절한 그녀, 플로리다 아줌마 모녀와 헤어졌다는 사실이다.
훗날 두고두고 추억으로 남은 트로얀스키 수도원에서의 숙박 경
험은 플로리다 아줌마 아니면 도저히 얻을 수 없었던 값진 선물
이었기에 지금까지도 미안하고 허전하기만 하다. 아줌마, 언제
나 행복하세요! 우리 가족은 당신을 플로리다에서든 어디에서든
꼭 한번 다시 만나고 싶어요.

햇살이 폭포처럼 쏟아지는 트로얀 버스 정류장. 한적한 시골 마을이다. 한낮의 뜨거운 햇살을 피해 모두 집으로 들어가 거리에는 사람들이 보이지 않는다. 누구라도 보여야 말을 붙이고 가는 길을 물어볼 텐데 어딜 어떻게 가야 하는지 너무 막막했다. 한 정육점에 들러 '트로얀스키 모나스트리(수도원)'를 물어보니 10킬로미터쯤 떨어져 있고 5유로를 내면 택시로 갈 수 있단다. 버스도 있다기에 텅 빈 거리로 가 보니 버스는 또 언제 올지 몰라 감감하다. 뜨거운 햇볕만큼이나 막막한 건 과연 그곳에서 숙박이 가능한지 여부다. 산속에 있는 수도원에 도착했는데, 막상 숙박이 안 된다면? 만일 '숙박요? 그건 5년 전 이야기죠.'라고 한다면? 그래서 구경만 하고 돌아와야 하는데 차량이 없다면? 그러나 일단 친절한 플로리다 아줌마의 말을 믿어 보기로 했다.

이래저래 어정쩡하게 서 있는 우리에게 짠, 하고 헤비급 챔피언 같은 씩씩한 아주머니가 다가오더니 버스 정류장으로 안내를 한다. 물론 보디랭귀지다. 하지만 버스가 쉬 올 것 같지 않은지 안 통하는 말에도 의사소통을 하느라 분주하다. 혼자서 심각한 그녀는 택시를 타는 것이 어떻겠느냐며 자신의 휴대 전화로 숫자를 찍어 택시 요금을 알려 준다. 어차피 일행이 많아 버스 요금이 오히려 더 비싸다는 얘기도 덧붙인다. 아주머니가 우렁찬 목소리로 한참 통화를 한 후, 드디어 노란색의 작은 택시가 먼지를 일으키며 달려오는 모습이 보인다. 우린 '산타' 아줌마를 만난 셈이다. 모나스트리, 택시, 버스라는 단어 세 개 외에는 통하는 게 하나 없어도 산타는 산타다. 산타 아줌마가 택시 요금은 5유로도 아닌, 5레프(2레프가 1유로 정도이니 이렇게 저렴할 수가!)라고 미리 알려 준다. 정육점에서 물어본 가격의 절반이다. 길가 공장(?) 사무실의 아저씨까지 나와 그 뜨거운 길에서 얼마나 열성적으로 모나스트리까지 가는 길을 설명해 주었는지 모른다. 우린 그분들께 한국 과자를 조금 나누어 드리고 택시를 탔다. 산타 아줌마, 정말 감사해요!

택시 기사는 전투복 상의를 입은 키 작은 할아버지였다. 그는 짐을 순서대로 실은 후 땀을 훔치며 트로얀스키 모나스트리로 향했다. 작고 노란 그 택시는 주인의 애정 어린 손길을 많이 탄 흔적이 역력했다. 앞자리에 부착되어 돌아가는 소형 선풍기, 낡았지만 깨끗하게 세탁된 시트 등등.

트로얀스키 수도원은 트로얀 버스 정류장에서 한적한 시골길로 10킬로미터 정도 떨어져 있었다. 10분쯤 후 우리를 수도원 입구에 내려 준 할아버지께 요금을 지불했다. 미터기엔 분명 5.15레프로 찍혀 있다. 5레프 지폐는 있는데 잔돈이 없어서 지폐 두 장을 드리니 그냥 5레프만 받겠다고 한다. 게다가 절대 고집을 꺾지 않으신다. 이럴 수가! 땀을 흘리며 우릴 찾아와 준 콜택시인 데다 짐을 잔뜩 싣고 다섯 식구나 타고 왔는데 오히려 잔돈이 없다고 받을 요금을 깎아 주시다니! 팁 삼아 주는 1유로 정도를 안 받겠다는 택시 기사가 또 있을까? 그것도 시내가 아닌 산골이라 빈 차로 돌아가야 하는데 추가 요금은커녕 출발 전에 약속한 요금만을 고집하다니! 할 수 없이 할아버지 기사님께 목걸이 볼펜과 약간의 과자를 드렸다. 산타 할아버지, 감사합니다.

발칸에서 가장 멋진 숙소

세속과 단절한 수도사들이 지내는 곳이기에 절제되고 금욕적인 메마른 분위기를 상상했건만, 아치형 출입문 뒤의 아기자기한 화단과 수국이 탐스럽게 핀 아름다운 수도원 내부를 보고 우리는 모두 탄성을 올렸다. 짐을 내려놓은 후, 마른침을 삼키며 우선 숙박이 가능한지부터 알아보았다. '발칸 반도에서 가장 오래된 수도원에서의 숙박'이라는 영광을 누리게 된다면 신께 감사하리라. 사무를 보는 중년 여인은 영어가 겨우 통하는 정도였는데 아 글쎄, 숙박이 가능하다는 것이다! 하루 묵는 데 1인당 10유로(20레프). 소피아 시내의 호스텔과 같은 요금이다. 위층으로 오르내릴 때 나무 계단의 삐걱대는 소리조차 신기하고 정겨워 마음에 들었다. 고풍스러운 열쇠를 역시 고풍스러운 문고리에 넣고 문을 열었다. 그런데 그 안쪽이, 뜨거운 햇볕에 밝은 숨이 턱에 차건만 마치 에어컨을 틀어 놓은 것처럼 시원하다. 보여 주는 방마다 하도 시원해서 냉방을 최대한 가동하는 줄 알았는데, 그게 아니라니 더욱 신기할 따름이다.

중세풍의 수도원과 주변 풍광에 환호하며 방에 들어온 아이들도 대만족이다. 작은 침대가 세 개, 정갈한 흰색 시트와 베개, 별도의 화장실과 온수 샤워기도 있고 TV에 냉장고, 멀티탭까지 갖추었다. 3층까지 짐을 나르며 신이 나서 펄펄 뛰어 오르내리는 철부지들을 끌어다 앉혀 놓고, 이곳은 수도사들이 명상과 기도하는 곳이었고 지금도 수도사들이 기거하는 집이니 함부로 돌아다녀서도, 기물을 파손해서도 안 된다고 소용도 없는 교육 아닌 교육을 했다.

수도원의 수도사들이 머무는 곳과 우리가 묵는 방은 시멘트와 목조로 이루어진 건물로 방 안의 바닥과 복도, 계단 등이 목재로 되어 있고, 두꺼운 판석을 받치고 있는 것도 모두 나무 서까래였다. 지붕은 판석을 이용한 너와 지붕 형식인데 그 엄청난 무게를 몽땅 머리에 인 채 긴 세월을 어떻게 견뎌 냈을까 싶다. 레이스 커튼이 달린 나무창을 여니 낮은 산을 배경으로 붉은 지붕의 산촌 농가들이 보이고, 계곡을 따라 흐르는 폭포의 세찬 물소리가 방 안 가득 밀려온다. 창문 반대편, 수도원 마당을 향해 난 출입문을 열자 널찍한 중간 마루가 층마다 보이고(아이들은 이곳에 의자를 내놓고 일기를 쓰며 수도원 고양이와 사귀었다.) 눈에 익은 조선식 목조 서까래가 가지런히 보이는 3층 지붕 아래로는 빨랫줄이 길게 매여 있다. 마루 난간마다 고운 꽃 화분이 죽 놓여 있고, 돌이 깔린 안마당엔 키 큰 소나무 한 그루와 우물이 하나 보인다. 백일홍과 수국은 탐스럽고, 가끔씩 검은 옷에 긴 머리를 뒤로 묶은 수도사들의 흰 얼굴과 높은 이마를 내려다보며 세속의 옷깃을 여미게 된다. 아, 정말 몸과 마음을 풀고 며칠이라도 쉬기에 이

만한 곳이 있을까 싶다. 너무 아늑해서 심신이 벌써 휴식을 마친 상태인 것 같다.

수도원에 수국이 한창인 것이 왠지 잘 아는 사람 집에 '다니러 온 기분'이 든다나. 아내는 이제 막 퇴근해 집에 오기라도 한 양, 흥에 겨워 앞치마를 두르고 저녁을 준비한다. 풍부한 냉·온수로 아이들을 샤워시키고 밀린 빨래를 해서 너니 마음까지 개운하다. 해가 기울기 전, 2층 테라스에서 수도원의 교회를 스케치했다. 세밀하게 그리자니 꼬박 두어 시간은 걸린 듯하다.

트로얀스키 수도원

트로얀스키 수도원은 16세기에 처음 세워진 후, 수도사들이 늘어나면서 부속 건물도 늘어났다고 한다. 교회는 중앙 집중식으로 지었는데, 가운데 중간 돔을 중심으로 딸린 지붕에 넓적한 판석을 올리고 외벽은 붉은 벽돌로, 회랑을 잇는 기둥 사이는 아치로 마감했다. 전통적인 초기 비잔틴 교회의 양식이다.

특히 회랑의 프레스코 벽화˚는 화려하고 세련된 솜씨로 빈틈없이 채색되어 수도원의 성스러움을 한껏 높여 주고 있다. 오랜 세월 촛불의 그을음에 찌든 교회당 안은 마치 화재를 입은 듯 어둡고 성화의 원형조차 제대로 볼 수가 없다. 그러나 입구 안쪽의

˚ 프레스코 벽화 | 프레스코는 이탈리아어로 '신선하다'라는 뜻이다. 벽화를 그릴 때 덜 마른 석고 반죽 바탕에 물에 갠 그림물감으로 채색한 벽화를 말한다.

✛ 트로얀스키 수도원 벽화

지성소 벽면엔 매우 정교한 목조 감실(성체를 모셔 둔 곳)이 있고, 그 안쪽으로는 성인들의 초상화를 배치했다. 중앙 한쪽에는 성모상이 있는데, 이 역시 성모와 아기 예수의 손과 후광 부분이 세공 실버 판으로 덮여 있다. 이 성화는 그리스 정교회에 있는 원작의 모사본이라고 하는데 수도원에서 가장 귀중한 보물이란다.

며칠이라도 머물고 싶은 곳이다. 평화롭고 경건한 곳, 고요함만
이 감도는 이곳은 별세계 같다. 말이 수도원이지 여행자가 생활
하기에 불편한 점은 하나도 없다. 단, 엄마의 강요 때문이 아니
라 누구라도 조신하게 지내야 할 것 같은 분위기이다. 실제로 복
도 코너에 있는 큰 객실에 든 미국인 가족은 진짜 그림자처럼 조
심스럽게 움직이는 '조용한 가족'이다. 그 집 식구들은 철이 안
든 애들은 떼어 놓고 왔는지 널린 빨래로 봐서는 다 어른인 듯하
다. 돌아가 한국인들에게 이곳을 소개한다면? 우리 가족은 그것
이 얼마나 조심스럽고 경계해야 할 일인지 의견이 일치했다. 깨
끗하고 정갈한 이곳에 한국산 참치 캔이 뒹굴고, 기름지고 너절
한 라면 용기와 일회용 나무젓가락이 마구 팽개쳐진 모습을 상
상하는 것만으로도 송구스럽고 민망하고 머리카락이 쭈뼛 선다.
그런 일이 벌어지지 않는다면야 천국 같은 이곳을 어찌 우리만
알고 즐기겠는가.

아센의 호스텔 식탁도 정성이 깃들어 좋았지만 손수 지은 쌀
밥에 비할 바가 아니다. 허기진 배를 안고 장모의 밥상을 받은
이몽룡만큼이나 흐뭇하고 흡족하다. 그동안 멀리했던 '따뜻한
쌀밥'과 반찬을 놓고 모처럼 식탁에 둘러앉으니 '밥'도 가족이란
생각이 든다. 밖에 나오면 모두 입맛으로 애국자가 된다는 말을
새삼 실감하며 온 가족이 오순도순 저녁을 먹었다.

저녁 식사를 마친 후 아내, 바로와 함께 아랫마을로 산책을 나

146

갔다. 한적한 길가에 핀 민들레나 아기메꽃, 사위질빵, 씀바귀 등은 우리나라에서도 흔히 볼 수 있는 들꽃이다. 오동나무 비슷한 나무가 있어 자세히 보니, 보랏빛 꽃은 비슷하지만 흰색이 더해졌고 꽃이 뭉쳐서 피는 것이 특이했다. 유난히 자두나무가 눈에 많이 띈다. 어제 버스를 함께 타고 온 플로리다 아주머니가 트로얀의 특산물에는 플럼 브랜디와 세라믹 도자기가 있다고 하더니, 이렇듯 자두나무가 많아 특산품으로 개발한 모양이다. 과연 세라믹 용기를 전문으로 취급하는 가게도 여럿 보이고, 수도원 마당에도 도자기를 파는 매장이 있다. 이 도자기들은 우리의 항아리를 연상케 한다. 진갈색 표면에 화려하게 채색한 것은 아마도 단조로움을 피하기 위해서일 것이다.

아내와 바로가 손을 잡고 한가롭게 길을 걷는다. 길로와 미루는 따라 나서지 않아 막내인 바로가 외동아들 기분을 낸다. 길로는 수도원 고양이에게 밥을 주며 사귀고 있을 것이고, 미루는 밀린 일기를 쓸 욕심에 마음이 바쁠 것이다.

들녘에서는 잡초를 모아 태우는 연기가 피어오르고, 드문드문 자전거를 타고 오가는 사람들의 얼굴이 둥지를 찾아 깃들이는 새처럼 아늑해 보이는 평화로운 저녁이다. 늘 북적이며 다니다가 이렇게 아이 한둘이 빠지면 괜히 적적해진다. 나는 가끔 이런 생각을 한다. 만약 우리가 아이를 하나만 낳아 길렀다면 어찌되었을까? 아마 지금보다 여유가 있었을 것이고 시간과 경제적인 면에서 한결 수월한 삶을 살지도 모른다. 그러나 아이들이 주는 기쁨은 3분의 1로 줄었을 것이고, 우리의 삶도 지금처럼 향기롭지 못할 것이다. 어느덧 숲과 계곡 사이로 퍼지는 저녁 안개와 함께 어둠이 내린다.

《사교육비 모아 떠난 지구촌 배낭여행》 (삼성출판사, 2008)

⏻ 키릴 문자

유럽에서 쓰고 있는 문자는 크게 세 가지로 나눠집니다. 알파벳이라고 하는 로마자(라틴 문자), 그리스 문자, 키릴 문자입니다. 그리스 문자는 수학 시간에 자주 볼 수 있는 글자입니다. 알파(α), 베타(β), 감마(γ) 등을 수학 시간에 본 적이 있죠? 그리스 문자는 로마자와 키릴 문자의 시초가 됩니다. 로마자는 세계에서 가장 널리 쓰이는 문자입니다. 영어, 프랑스어, 스페인어, 이탈리아어 등 유럽 대부분의 언어는 로마자로 기록합니다.

키릴 문자는 러시아, 동유럽과 중앙아시아, 북아시아와 아제르바이잔, 조지아 일부 지역, 몽골에서 쓰입니다. 키릴 문자는 9세기경 불가리아의 키릴 형제가 그리스의 초서체를 참고로 만든 문자입니다. 855년 키릴 형제가 지금의 체코 지역에서 동방정교를 선교할 목적으로 그리스 문자와 비슷한 '글라골(Glagol) 문자'를 만들었습니다. 그리고 그 후 키릴 형제의 제자들이 불가리아 보리스(Boris) 왕의 요청을 받아 글라골 문자를 더욱 발전시켜 만든 것이 오늘날의 키릴 문자입니다. 키릴 문자는 불가리아에서 시작되었지만, 강대국 러시아 때문에 키릴 문자의 중심 국가는 러시아로 대표됩니다.

키릴 문자(러시아어)

A a	Б б	В в	Г г	Д д	Е е	Ё ё	Ж ж	З з
	И и	Й й	К к	Л л	М м	Н н	О о	П п
	Р р	С с	Т т	У у	Ф ф	Х х	Ц ц	Ч ч
	Ш ш	Щ щ	Ъ ъ	Ы ы	Ь ь	Э э	Ю ю	Я я

1 글쓴이 가족은 수도원에 가기 위해 누구에게 어떤 도움을 받았나요?

2 글쓴이 가족이 방문한 수도원과 우리나라 사찰의 공통점과 차이점에 대해 말해 봅시다.

✛ 산마르코 대성당 내부

4

시들어 가고 있는
지중해의 꽃 한 송이

정승환

초등학교 5학년 겨울에 갔었던 베네치아는 세상에서 가장 아름다운 도시였다. 도시를 남북으로 나누는 대운하와 여기저기로 뻗어 나간 작은 운하들, 미로 같은 시가지, 산마르코 광장을 가득 매운 비둘기들, 수상 버스와 곤돌라, 그리고 눈부신 도시의 야경은 어린 나에게 큰 인상을 주었다.

그로부터 약 4년이 지난 후,《로마인 이야기》라는 책을 읽으면서 나는 로마의 역사에 푹 빠졌다. 그러다 보니 자연스럽게 중세 유럽의 역사에 대한 흥미가 생겼고, 베네치아의 역사에 대해서도 알게 되었다.

그때만 해도 베네치아에 다시 갈 수 있으리라 상상도 못했다. 하지만 마음속 어딘가에서 계속 열망하고 있어서일까, 놀랍게도 우리 가족은 2012년, 그러니까 내가 중3 때 108일의 일정으로 세계여행을 하게 되었다.

중간고사를 마친 다음 날인 5월 9일, 우리 가족은 샌프란시스코행 비행기에 몸을 실었다. 먼저 미국을 여행한 후 프랑스로 가서 약 세 달간 유럽을 일주한 후 싱가포르를 거쳐 돌아오는 대장정이었다. 한편으로는 설레고 한편으로는 불안한 마음으로 여행을 떠나온 지 49일째 되던 날, 나는 5년 만에 다시 베네치아에 도착했다.

섬 안의 섬, 리도

우리 가족이 유럽을 여행하는 동안의 제1원칙은 바로 철저한 무계획성이다. 그래서 우리는 지도에 대충 줄만 휙 그어 두고 아무 생각 없이 돌아다녔다. 베네치아에 갈 때도 그 원칙은 철저히 지켜졌다. 가기 전에 유럽 여행 가이드북에 나와 있는 두 쪽 정도의 내용을 훑어본 게 다였다. 당연히 호텔 예약 같은 건 하지 않았다. 그 때문에 베네치아로 가는 내내 호텔 예약소를 찾기 위해 차창 밖을 눈이 빠져라 바라보아야 했다.

첫 번째로 찾아갔던 어느 고속도로 휴게소 안의 호텔 안내소는 문이 닫혀 있었다. 혹시나 하는 마음에 휴게소 구석구석까지 살펴보았지만 안내소는 찾을 수 없었다. 베네치아에서 호텔 예약을 못한다는 건 캠핑장 텐트에서 무더위와 싸우면서 숙식을 해결해야 한다는 의미다. 우리는 그럴 마음이 전혀 없었다.

그래서 더 눈에 불을 켜고 창밖을 뚫어져라 주시했다. 그러다 어느새 이탈리아 본토와 작은 섬인 베네치아를 잇는 다리 입구에 이르렀다. 그 다리 입구에 베네치아 호텔 예약소가 있었다. 우리는 긴 가뭄에 단비를 만난 심정으로 그곳에 들어갔다.

"베네치아에 방이 남아 있는 호텔이 있나요?"

"흐음……, 지금은 없어요. 본토 쪽에는 아마 있을 겁니다."

우리는 베네치아를 하루 종일, 그리고 좀 더 가까이에서 즐기고 싶어서 베네치아에 있는 호텔에 묵기를 바랐다. 그래서 다시 한 번 물어보았다.

"지금 베네치아에는 민박집 같은 것들 밖에 없고, 리도 섬에 4성급 호텔이 있는데, 꽤나 비쌉니다. 리도 섬은 베니스영화제가 열리는 섬으로 유명하지요."

매번 조심스럽다가 가끔씩 대담해지시는 아버지가 우리를 바라보며 멋쩍게 웃으시더니 안내원에게 "OK"를 연발하셨다.

우리는 다리를 건넜고, 베네치아로 들어갔다. 베네치아의 대부분 지역은 차가 다니지 못하지만, 다리 주변의 몇몇 선착장 옆으로는 차가 다닐 수 있었다. 베네치아에서 리도 섬으로 가기 위해서는 배를 타야 했다. 자동차에 탄 채로 줄을 서서 한참을 기다린 후 페리가 도착해 겨우 배에 오를 수 있었다. 작은 배 안에 자동차들을 요리조리 한 치의 틈도 없이 채워 넣는 일꾼들의 솜씨는, 우리가 여행 중에 터득하게 된 작은 트렁크 안에 엄청난 양의 짐을 쑤셔 넣는 솜씨만큼이나 뛰어났다. 우리는 배 2층의 톡 튀어나온 곳에 한 줄로 차를 주차해야 했다.

차를 배 안에 세운 사람들은 하나둘씩 난간과 문 사이의 좁은 틈과 창문으로 낑낑대며 나왔다. 나도 차에서 나가려고 문을 열었다. '덜컹, 쿵'

백미러가 벽에 닿아(내 고정석은 조수석이었다.) 어떻게 해도 내가 내릴 수 있을 만큼은 열리지 않았다.

"응? 안 열린다. 어떻게 하지?"

"승환아, 여기도 못 열겠어."

뒷좌석의 엄마가 말했다.

차의 왼쪽은 상황이 더 심각했다. 문이 난간에 완전히 밀착되어 있어서 도저히 열 수 없는 상태였다. 게다가 창문으로도 나가기가 어려운 상황이었다.

아빠는 상황을 파악하고 벽과 난간, 앞차와 뒤차 사이의 좁은 공간에서 차를 움직여 어떻게든 나갈 수 있는 공간을 만들어 보려 했다.

"이제 한번 열어 봐."

아빠가 말씀하셨다. 나는 문을 열어 보았다. 그러자 차의 백미러의 앞부분이 벽에 닿았고, 콰직 하는 소리와 함께 뭔가 부서지는 소리가 들렸다.

"어…… 응?"

나는 순간 멍해졌지만, 급히 부서진 부분을 끼워 넣어 보았다. 백미러에 조금 흠집이 났지만, 다행이 기능에는 문제가 없었다.

끊임없는 노력에도 불구하고, 결국 차 탈출 계획은 실패했다.

차에서 요리조리 빠져나와 베네치아를 감상하러 갑판으로 가는 사람들의 뒷모습과 그 사이사이로 보이는 그림 같은 베네치아를 보며 우리 가족은 더운 차 안에서 아쉬움을 달래며 앉아 있어야 했다.

우리는 우여곡절 끝에 호텔에 도착해 짐을 풀었다. 호텔은 아담한 크기였고, 내부 인테리어는 뭔가 어색한 느낌이었지만, 베네치아가 보이는 바닷가를 마주하고 있다는 점은 만족스러웠다.

와이파이가 빵빵 터지는 호텔에서 잠시 뒹굴고 나니 시계는 벌써 오후 네 시를 가리키고 있었다. 바로 베네치아로 가자니 귀찮음 병이 발병해 버렸다. 그래서 우리는 리도 섬의 남쪽에 있다는 해변으로 차를 몰고 갔다. 해변에는 파라솔이 아닌 소형 컨테이너같이 생긴 구조물들이 들어차 있었다. 관광객들에게 돈을 받고 대여해 주는 듯했다. 늦은 오후라 해변에서 오래 머물지 못할 것 같아 방갈로를 빌리지 않고 우리는 바로 바닷가로 갔다.

지금까지 프랑스 남부의 맑고 깨끗한 바닷물에만 몸을 담가서일까, 나는 이곳의 뿌연 바닷물이 마음에 들지 않았다. 처음에는 들어갈 마음이 없었으나, 그래도 여기까지 온 노력도 있고, 물만 보면 뛰어들고 싶어 하는 동생의 등쌀과 엄마의 성화에 못 이겨 찝찝한 마음으로 바닷물에 몸을 담글 수밖에 없었다.

그런데 바닷물이 마치 겨울철에 따뜻한 물을 받아 둔 수영장의 물 같았다. 전혀 차갑다는 느낌이 들지 않았고, 따뜻한 바닷물에 묘하게 매료되었다. 처음의 찝찝함도 잊은 채 두 시간 동안 물에 둥둥 떠다니다가, 몸을 헹구고 호텔로 가려고 근처에 보이는 샤워기로 갔다. 하지만 샤워기를 요리조리 살펴보아도 물을 나오게 하는 버튼 같은 건 없었고, 카드를 대어 사용하는 유료 샤워장만 있었다. 프랑스나 스페인의 해변에는 무료 샤워기가 있었는데……. 나는 철저하게 상업적인 이탈리아인들의 심보에 짜증이 치밀어 올랐다.

툴툴거리며 주차장으로 가는데 화장실이 보였다. 얼굴이라도 씻으려고 화장실로 갔는데, 거기도 유료라서 그냥 발만 헹군 후 소금기에 찐득찐득해진 몸을 이끌고 차에 오를 수밖에 없었다.

간단히 저녁을 먹고 호텔로 돌아가는 길, 해가 지고 있었다. 우리는 일몰을 구경하기 위해 호텔에 차를 세우고 바로 호텔 앞 바닷가로 나갔다. 하늘을 옛 베네치아의 국기만큼이나 붉게 물들인 노을 속의 베네치아는 너무나도 아름다웠다. 몇 분 동안 그렇게 서 있는데, 거대한 크루즈 선 한 대가 우리 앞을 지나갔다. 배에 있는 사람은 우리를 바라보며 손을 흔들었고, 우리도 역시 손을 흔들었다.

물로 만들어진 놀이공원

리도 섬에서 베네치아로 가려면 수상 버스를 타야 한다. 그래서 다음 날 아침 우리는 수상 버스 선착장으로 갔다. 리도의 선착장은 수상 버스의 종착점이어서 그런지 다른 곳보다 훨씬 더 큰 규모였다.

✚ 리도 섬의 수상 버스 선착장

　땅 위를 다니는 버스밖에 타 본 적이 없던 나에게 베네치아의 곳곳을 잇는 수상 버스는 정말 신기한 것이었다. 24시간권이 1인에 18유로(약 27,000원)인데, 대중교통 이용료라기보단 놀이공원 자유이용권 가격에 가까웠다. 하지만 이것으로 베네치아를 둘러볼 수 있고, 무엇보다도 이 아름다운 물의 도시를 배를 타고 누비는 낭만을 누릴 수 있다! 아버지는 이번에도 호텔을 예약했을 때의 그 멋쩍은 웃음을 지어 보이셨고, "OK"를 연발하시며 망설임 없이 지갑을 여셨다.

　사람들로 가득 찬 수상 버스를 타고 십여 분을 달리자 베네치아에 도착했다. 베네치아의 시가지는 파리처럼 정돈되고 통일성 있는 규칙적인 시가지도 아니고 스위스나 독일어권 국가들처럼 깔끔하고 그림 같은 느낌의 시가지도 아니었다. 이탈리아풍의 건물 하나하나가 자신만의 개성을 뽐내고 있었다. 밀라노와 비슷하게 어수선해 보이면서도, 도시 사이사이의 운하들과 융합되어 색다른 느낌을 자아냈다.

비둘기와 황금 장식

아름다운 도시의 모습에 홀려 창문에 코를 박고 보고 있다 보니 어느새 산마르코 광장이 눈에 들어왔다. 우리는 그 선착장에서 바로 내렸다. 산마르코 광장은 베네치아 관광의 중심지라 할 수 있는 곳이다. 이곳에는 산마르코 성당과 종탑, 두칼레 궁전 등이 있고, 광장 한가운데는 베네치아의 상징인 산마르코 사자의 동상과 수많은 비둘기들이 있다.

"우와! 비둘기다! 비둘기가 엄청 많다!"

천진난만한 일곱 살 내 동생의 관심을 끈 것은 당연 비둘기들이었다. 이상하게도 5년 전보다 그 수가 훨씬 줄어 있었다. 하지만 그렇다 하더라도 엄청나게 많았다. 우리는 비둘기 떼가 몰려있는 곳에 가서 옥수수를 손바닥에 놓고 팔을 쭉 뻗었다. 그러면 비둘기 수십 마리가 옥수수를 먹으려고 날아들었다. 이곳의 비둘기들은 도통 사람들을 무서워하지 않아서 모이를 몇 번 주다보면 어깨에 터를 잡고 앉아 고개를 기웃거리며 모이를 요구하는 녀석도 있었다. 그렇게 계속 모이를 주다 보면 모이 없이 팔을 뻗어도 모이가 있는 줄 알고 비둘기들이 날아들기도 했다.

비둘기들에게 줄 모이가 다 떨어지고 비둘기와 노는 것이 서서히 질리기 시작하자 산마르코 대성당에 눈길이 갔다. 산마르코 성당, 베네치아의 수호성인인 성마르코의 유해를 묻

✦ 산마르코 광장

기 위해 지었다는 성당이다. 일단 외관부터가 상당히 독특했는데, 성당 위에 솟은 여러 개의 돔도 인상적이었지만 다른 성당과는 차별화된 성당 정면의 형형색색의 장식들과 벽화들이 신비로운 느낌을 자아냈다. 이 건물의 외부에는 베네치아가 과거 여러 나라에서 빼앗아 온 유물들이 많이 있다고 알려져 있지만, 내 눈에는 성당 정면 지붕 위에 있는 콘스탄티노플에서 가져왔다는 네 마리의 말 동상(외부의 것은 모조품이고 진품은 박물관 안에 있다.)만 보였다.

우리는 이곳 특유의 후텁지근한 날씨 속에서 땀을 뻘뻘 흘려가며 긴 줄을 선 끝에 겨우 성당 안으로 들어갈 수 있었는데, 성당 내부로 발을 딛는 순간 입이 쩍 벌어지는 광경이 내 눈앞에 펼쳐졌다. 성당의 돔들은 물론 성당의 모든 벽면을 뒤덮은 그리스교도 성인들과 성경의 내용을 그린 금빛 모자이크는 화려하다

못해 놀라울 정도였다.

성당 안에는 별도로 요금을 내고 들어가야 하는 박물관이 있었는데, 꽤나 비싼 입장료를 받고 있었다. 내부에는 각종 모자이크들과 그 외의 여러 유물들이 전시되어 있었는데, 성당이 워낙 화려해서 그런지 그곳의 유물들은 그리 눈에 들어오지 않았다.

리알토 다리 옆 가면 가게

성당과 박물관을 모두 둘러본 우리는 광장으로 다시 나와 전열을 가다듬은 다음 베네치아의 골목골목을 따라 리알토 다리가 있는 북쪽으로 가기로 했다.

일단 가까이 보이는 조각 피자집에 들어가 싸고 맛있는 피자로 허기를 채운 후 본격적으로 거리 구경을 시작했다. 베네치아의 시가지는 말 그대로 미로였다. 너무 복잡해서 지도를 봐도 어디가 어딘지 알 수가 없었다. 하지만 관광객들의 행렬과 가끔 나오는 거리의 표지판을 보고 방향을 틀면 어떻게든 가려는 곳에는 도달할 수 있다.

이곳의 거리는 관광객을 대상으로 한 상점들로만 채워져 있다. 그곳에 있는 가지각색의 상점들 가운데 가장 눈에 띄는 것은 베네치아 특유의 가면을 파는 상점이었다. 베네치아 가면의 기원은 4차 십자군 전쟁에서 승리하고 콘스탄티노플로부터 베일을 쓴 무슬림 여인들을 베네치아로 데리고 오면서부터이다. 이후 우리나라 평민들이 탈을 쓰고 탈놀이를 했듯, 이곳 서민들이 신분을 감추기 위해 가면을 쓰고 귀족놀이를 하며 발전했다고 한다. 베네치아의 가면은 한때 탄압받기도 했지만 결국 부활해 지금의 베네치아 가면 축제를 있게 했다. 간간이 가면을

✦ 가면을 파는 가게

직접 만드는 가면 장인이 직접 만들어 파는 곳도 있었다. 나도 하나 사고 싶다는 생각이 들었지만, 여행 가방에 넣어 온전한 상태로 한국에 가져갈 방법이 없어서 포기할 수밖에 없었다.

　운이 좋게도 우리는 헤매지 않고 리알토 다리에 도달했다. 이 다리는 대운하로 나누어져 있는 베네치아의 동서를 잇는 다리 중 하나로, 1592년 완공된 베네치아에서 가장 오래된 다리다. 이 다리에 얽힌 전설이 있는데, 건축가 안토니오가 완공을 하려고 할 때 악마가 공사를 도와주는 대가로 처음 다리를 건너는 영혼을 가지고 가겠다는 했고, 안토니오는 이를 수락했다. 악마가 사람의 영혼이라고 한 것이 아니므로 안토니오는 다리가 완공된 후 양이나 소 같은 짐승을 올려 보낼 생각이었다. 이를 알아챈 악마는 안토니오의 아내를 꾀어 가장 먼저 다리에 오르게 했고, 결국 아내와 배 속의 아기까지 잃게 되었다. 하지만 이러한 암울

✚ 리알토 다리

한 전설에도 불구하고 리알토 다리는 대운하를 가로지르며 위풍
당당하게 그 아름다운 자태를 뽐내며 서 있었다.

걸음보다 느린 수상 버스

우리는 그곳 근처의 선착장에서 수상 버스에 올랐다. 호텔로 돌
아가기 전 베네치아를 한 바퀴 완전히 돌아볼 생각이었다. 처음
에는 좋았다. 창밖에 보이는 베네치아의 모습을 감상하며 여유
를 부렸다. 하지만 그런 시간은 길지 않았다.

"으, 더워. 부채 어디 있어, 부채!"

더위에 찌든 내가 말했다.

"니 동생이 갖고 있다."

배 안에는 에어컨은커녕 선풍기조차 없었다. 거기다 좌석이 있는 선내에는 바람도 통하지 않았다. 땀을 뻘뻘 흘리며 그저 앉아 있어야 했다.

십여 분 후,

"푸우, 그럼 물이라도 좀 주세요."

"방금 니 동생이 다 마셨다."

"이런! 그나저나 이 배, 또 서는 거야?"

"그러게 말이다. 차라리 걸어가는 게 빠르겠다."

수상 버스는 너무 자주 섰다. 설 때마다 배를 선착장에 대고 로프로 고정시켜야 해서 거기에 드는 시간도 만만치 않았다.

배가 계속 흔들려서인지 체력 소모도 심했다. 몰려오는 졸음과 스트레스 때문에 정신줄을 놓기 시작한 나는, 베네치아의 아름다움 따위는 안중에도 없게 되었다. 손가락을 깨물며 필사적으로 졸음과 짜증 연합군의 파상 공세에 항쟁을 벌이던 나는 결국 패배하고 수상 버스 안에서 깊은 잠에 빠져 버렸다.

어둠의 도시, 베네치아

리도 섬에는 그럴듯한 레스토랑도 없는 데다 베네치아의 야경도 놓치기 싫어 우리는 어느새 베네치아로 향하는, 다시는 타고 싶지 않았던 수상 버스에 오르게 되었다. 책에 나온 맛집을 찾겠다고 베네치아 북쪽 끝 근처까지 수상 버스를 타고 갔다. 5년 전, 내가 베네치아에 왔었을 때는 관광객들이 적은 겨울이었는데도 대운하 양쪽에는 온갖 전등들이 밤을 밝히고 있었다. 하지만 이번에는 유명 관광지 근처나 노천 레스토랑 말고는 전등을 거의 볼 수 없었다.

우리는 수상 버스에서 내려 레스토랑을 찾아 나섰다. 베네치아의 밤은 이상할 정도로 조용했다. 거리를 메우던 관광객들은 대부분 사라지고 없었고, 보이는 사람이라고는 바나 레스토랑의 직원들과 그곳의 손님들뿐이었다.

"오년 전만 해도 사람이 많았었는데……. 불 들어온 집이 하나도 없고, 집도 너무 낡았다."

주변 시가지를 둘러보던 보던 아빠께서 말씀하셨다.

사람들이 잘 오지 않는 골목의 건물 난간에는 녹이 많이 슬어 있었고, 벽의 칠은 여기저기 심하게 벗겨져 있었다. 아무리 둘러보아도 불이 켜진 집은 정말 단 하나도 보이지 않았다. 5년 만에 이렇게 바뀌다니, 꽤나 충격적이었다. 베네치아는 이곳 사람들로부터 버려지고, 방치되고 있었다.

이탈리아의 심각한 경기 침체로 관광객 수가 많이 줄어든 데다, 베네치아가 점점 가라앉고 있어 사람들이 하나둘 떠나다 보니 그렇게 된 것이었다. 하지만 그나마 다행인 것은 베네치아를 구하려는 노력이 진행되고 있다는 점이다. 베네치아로 물이 들어오는 세 곳에 78개의 거대한 수문을 설치해 피해를 방지한다는 '모세' 프로젝트가 진행 중이라고 한다.

다음 날, 우리는 체크아웃을 하고 리도 섬을 떠나는 페리에 올랐다. 수많은 크루즈선들이 항구에 정박해 있었다.

"우와, 우와!"

우리를 스쳐 지나간 한 수상 버스에는 스페인 관광객들이 지난밤 '유로 2012 축구대회' 결승에서 이탈리아를 꺾고 우승한 것을 자랑하려는 듯, 커다란 스페인 국기를 펄럭이며 소리를 지르고 있었다. 보통 때 같으면 신기하고 재미있었겠지만, 왠지 귀찮고 짜증스러웠다. 높은 습도와 무더위 때문이었다. 빨리 베네치아를 벗어나서 오스트리아로 가고 싶은 마음이 굴뚝같았지만, 그래도 막상 이곳을 떠나려니 왠지 아쉬움이 남았다.

앞으로 내 인생의 앞길에는 쉴 틈 없는 삶이 기다리고 있다. 그래서 나는 이 도시가 아름다움을 잃기 전에 다시 올 수 없을 것 같다는 생각이 들었다. 나는 조용히 일어나 베네치아가 가장 잘 보이는 쪽의 난간으로 갔다. 마치 기억 속에 베네치아를 고이 조각해 놓으려는 듯이 멀어져 가는 베네치아를 계속 바라보았다. 눈도 깜빡이지 않고 저 가라앉고 있는, 저 버려지고 있는, 저 역사의 뒤편으로 사라져 가고 있는 물의 도시를 하염없이 바라보았다.

베네치아는 아드리아해를 사이에 두고 여러 도시들과 무역을 하면서 성장한 도시로, 베네치아 사람들은 섬과 바다가 만나는 곳에 항만 시설을 만들고 섬에 창고, 주택, 사무실 등을 건설했습니다. 현재는 자연섬과 인공섬을 합하여 모두 118개의 섬, 177개의 운하, 400여 개의 다리가 있는 물의 도시를 형성하고 있습니다.

아름다운 건축물 외에도 베네치아에는 사람들의 마음을 사로잡는 유명한 것들이 있는데, 대표적인 것이 가면, 곤돌라, 유리 공예입니다.

1. **가면** – 베네치아가 가면으로 유명한 것은 카니발 축제 때문입니다. 베네치아는 사계절 내내 흥미로운 축제가 열리는 도시인데, 그중에서 가장 베네치아다운 축제는 가면을 쓰고 펼치는 카니발과 곤돌라 축제라고 할 수 있습니다. 베네치아 카니발은 12세기 전쟁에서 승리한 것을 축하하기 위한 행사였는데 오늘날의 축제로 발전하게 되었고, 16세기부터는 널리 가면을 쓰게 되었답니다. 처음 축제가 시작될 당시에는, 베네치아는 엄격한 신분 사회였기에 축제가 열리는 기간만큼은 신분의 차이 없이 누구나 평등하게 축제를 즐길 수 있도록 가면을 썼다고 합니다. 베네치아 거리에서 만나는 신비롭고 화려한 가면들, 부피와 가격 때문에 쉽게 사기는 힘들지만 눈은 정말 즐겁답니다.

2. **곤돌라** – 베네치아에서 곤돌라는 관광객을 위한 배입니다. 16세기 '곤돌라 사치'라는 말이 나올 정도로 부의 상징이었고 1만 척에나 달했던 곤돌라는, 현재 모터보트의 보급으로 관광객을 위해 수백 척 정도 남아 있다고 합니다. 곤돌라는 관광용 택시에 해당하는 배로 여행 코스와 시간에 따라 요금이 달라집니다. 베네치아는 물의 도시답게 여느 곳과는 좀 다른 교통수단을 갖추고 있습니다. 베네치아에서 운행되는 버스, 택시, 자가용, 관광용 택시, 트럭 등이 모두 자동차가 아니라 배랍니다. 그래서 곤돌라를 타고 베네치아의 골목골목을 누벼 보면 주민들의 집에 자동차 주차장 대신에 선착장을 갖추고 있는 것을 볼 수 있답니다.

3. **유리 공예** – 베네치아는 유리 공예로도 유명한 도시입니다. 1291년까지만 해도 유리 공예는 산마르코 대성당이 있는 본섬에서 크게 번성하였지만 유리 공예로 많은 돈을 벌게 되자 유리 공예 기술이 다른 지역이나 나라로 빠져나가는 것을 막기 위해서 베네치아 왕실에서 작업장을 무라노섬으로 옮기도록 명령을 내렸습니다. 장인들이 이주한 13세기 후반 이후 무라노섬은 유리 공예의 중심지로 자리 잡게 되었습니다. 꽃병에서부터 여성들의 액세서리와 예술품에 이르기까지 다양한 제품이 만들어졌고, 유럽 왕족과 부자들에게 매우 인기가 높았습니다. 그리하여 공방들이 만들어 내는 독특한 유리 제품으로 유명해졌습니다.

1 글쓴이가 5년 전에 여행한 베네치아의 모습과 현재의 모습이 어떻게 달라졌으며, 그렇게 달라진 이유는 무엇인가요?

2 베네치아와 같이 환경의 변화 때문에 위험에 처한 곳을 찾아봅시다.

4부

아메리카

✚ 페루 전통 의상을 입은 소년과 라마

1

페루의
자전거 여행자

박임순

"네가 가서 물어봐. 분명 일본인이라니까."

"아냐, 중국인 같아."

"혹시 한국 사람 아닐까?"

아이들이 아까부터 계속 한 사람을 바라보며 수수께끼를 맞히듯 열띤 토론을 벌이고 있다. 그런데 그 사람이 오히려 아이들에게 다가와 묻는다.

"저, 혹시 한국 분이세요?"

분명 ㄱ, ㄴ, ㄷ이 들어간 한국말이다. 반사적으로 아이들이 말했다.

"어? 한국 분이세요?"

아이들의 질문에 겸연쩍은 듯 청년이 대답했다.

"제 몰골이 조금 그렇지요? 자전거로 다니다 보니……."

페루의 시골 마을버스 정류장에서 만난 한 청년. 얼마 후 두 아들에게는 생애 다시없을 최고의 선물이 된 한국인 자전거 여행자와의 만남은 지금도 잊을 수 없다.

페루의 나스카(Nazca).˚ 예전 잉카 제국의 수도 쿠스코(Cusco)˚로 가는 버스를 기다리고 있었다. 하늘을 쳐다보며 석양에 흠뻑 취해 있는데 자전거에 몸을 싣고 들어오는 한 청년이 있었다. 뒤로 질끈 묶은 긴 머리, 지친 표정, 그리고 며칠째 씻지 않은 것 같은 모습까지 첫눈에 보아도 배낭여행자였다.

"1년 9개월째 자전거 여행을 하고 있어요. 아직 5년 남았네요."

청년의 말에 아이들은 놀라워했다.

"그럼 자전거로 7년을 다닐 계획을 세우신 거예요?"

아이들은 마치 '여행의 고수'를 만난 듯 선망의 눈빛으로 청년을 쳐다보았다. 지난 1년 9개월 동안, 미국 뉴욕에서 출발해 중남미를 거쳐서 페루로 들어왔다는 청년의 모습에 우리 부부도 입이 쩍 벌어졌다. 청년은 멕시코에 들어서서 강도를 만나 털리고, 이곳 페루에 와서 또 한 번 털렸다고 한다. 지금은 담담하게 웃으며 말하지만 얼마나 힘들었을까? 어느 정도 조건을 갖춰도 힘든 게 배낭여행인데, 청년이 겪었을 고생을 생각하니 마음이

• 나스카 | 현재의 페루 남부 해안 지방. 이 지역의 초기 문화를 계곡 이름에 유래해 '나스카 문화'라고 한다.

• 쿠스코 | 안데스 산맥의 해발 3399미터 지점에 자리 잡고 있는 도시로, 예전 잉카 제국의 수도였다.

아려 왔다. 그 역시 쿠스코가 다음 행선지라 해서 같은 버스를 타고 이동하기로 했다.

쿠스코로 가는 길은 호환 마마보다 무섭다는 고산증*을 피할 수 없는 험난한 코스로 악명이 높다. 페루 안데스 산맥의 4000~5000미터 고지를 올랐다가 3300미터 부근에 위치한 쿠스코로 다시 내려가야 하기 때문이다. S코스를 쉴 새 없이 반복하는 도로와 까마득한 낭떠러지를 보니 벌써부터 몸과 마음이 움츠러든다. 하지만 이런 고통쯤은 산소 부족으로 인해 밤새 두통과 토하기를 반복하는 고산증에 비할 바가 아니다.

그렇게 우리는 다시는 겪고 싶지 않은 힘겨운 시간을 보내고 드디어 쿠스코에 도착했다. 청년도 당분간 우리 가족과 함께 지내기로 했다. 그동안 배낭여행을 하며 온갖 어려움을 이겨 낸 청년이 안쓰러워 함께 지내자고 청했는데 고맙게도 흔쾌히 받아 주었다. 저마다 여행의 추억을 나누며 저녁을 먹는데, 청년이 두 아들에게 뜻밖의 제안을 했다.

"혹시 나랑 함께 마추픽추(Machu Picchu)까지 가 보지 않겠니? 자전거로!"

자전거로 마추픽추까지? 그런데 웬일인지 두 아들이 강한 의욕을 보인다.

---

* 고산증 | 높은 산에 올라갈 때 나타나는 증세. 산소 부족으로 인해서 호흡 곤란, 두통, 식욕 부진, 구토, 불면증 등이 나타난다.

✚ 아르마스 광장

"좋아요! 이래 봬도 한국에서 아빠랑 자전거 여행을 제법 했답
니다."

녀석들은 곧바로 중고 자전거를 구입하더니 다음 날 바로 출발
하는 강행군에 돌입했다.

다음 날 새벽 5시 30분. 청년과 아이들이 하나둘 일어나더니 주
섬주섬 짐을 꾸리고, 아르마스 광장에서 기념 촬영을 한 뒤 힘차
게 페달을 밟는다. 아이들을 미지의 세계로 보내는 부모의 마음이
이런 걸까? 기대와 걱정, 대견하면서도 불안한 마음이 교차했다.
무엇보다 고산증으로 계속 설사를 했던 둘째가 마음에 걸린다. 이
런 부모의 불안을 아는지 모르는지, 두 아들은 손으로 브이 자를
그리며 새로운 모험의 세계로 떠났다.

근래 들어 계속 처져 있던 딸은 자전거로 떠난 동생들이 부러

운지 더욱 힘이 없는 눈치다. 고산증의 후유증에서 벗어나지 못한 우리 부부도 꼬박 하루를 더 누워 있어야 했다. 다음 날, 남은 세 명은 버스와 기차를 이용해 마추픽추로 향했다. 길이 예상보다 가파르고 비포장도로도 많았다. 이 길을 아이들이 자전거를 타고 지나갔단 말인가? 물론 든든한 청년이 인솔하고, 스스로 선택한 여행인 만큼 잘하리라 믿으면서도 자꾸 '염려'라는 놈이 나를 툭툭 건드린다.

아구아스 갈리엔데스(Aguas Calientes)에 도착하여 숙소를 잡고 마중을 나갔다. 오후부터 내리던 비는 시간이 갈수록 더욱 거세지고, 설상가상으로 날도 점점 어두워지는데 자전거 팀은 나타날 기미를 보이지 않는다.

"아무래도 내일 올 것 같소. 이 비에 자전거를 타고 올 리가 없지."

남편의 말도 일리가 있어 숙소로 돌아왔다. 비록 기계의 힘을 빌려 왔다지만 기차와 버스 여행도 만만찮았는지 온몸에 피로라는 글씨가 도배된 것 같아 잠시 눈을 붙이기로 했다.

얼마를 잤을까? 로비에서 "코리아나 퍼즌! 코리아나 퍼즌!"이라는 목소리가 들렸다. 자전거 청년의 다급한 목소리였다. 용수철 튀어 오르듯이 냅다 달려 나가니, 물에 빠진 생쥐 모양을 한 세 사람이 서 있었다. 그런데 이상하다. 아이들이 타고 나간 자전거 두 대는 온데간데없고 청년만 자전거를 가지고 있다. 세 명 모두 완전 기진맥진 상태! 뜨거운 물로 샤워를 하고 따뜻한 음식을 사 먹으니 그제야 조금씩 화색이 돌아왔다. 아이들은 자부심 가득한 표정으로 액션 어드벤처 영화의 줄거리를 얘기하듯 한껏 흥분된 모습이었다.

"최고였어요! 마지막 날엔 도로가 없어서 도저히 자전거 트래킹이 불가능해서 그냥 걸어와야 했어요. 철길로 형 자전거를 끌고 오는데 진짜 죽는 줄 알았다니까요. 게다가 비는 억수로 퍼붓고."

둘째의 말에 딸이 의아한 표정으로 물었다.

"그럼 자전거 두 대는?"

"응, 여기 오기 바로 전에 산타 테레사(Santa Teresa)라는 마을에서 팔았어. 처음 샀던 가격 그대로 받고, 콜라 한 병도 덤으로 받았지. 그 사람들은 구하기 힘든 자전거를 사서 좋고, 우리는 이제 필요 없는 자전거를 팔아서 좋고."

막내가 싱글벙글거리며 덧붙인다.

"쉽게 말해 우리가 페루의 시골에 자전거 배달을 하고 왔다는 거지요!"

녀석들을 떠나보내고 불안해 했던 우리와 달리 아이들은 새로운 세계로의 모험을 멋지게 마치고 돌아왔다. 둘째가 경비를 내놓으며 활짝 웃었다.

"아빠, 여기요. 거의 돈을 쓰지 않았어요. 첫날은 소방서에서 자고, 하루는 어떤 시골집 앞마당에 텐트를 치고 잤거든요."

아이들의 모험담은 끝이 없었다. 막내 녀석도 한껏 들뜬 목소리로 말을 잇는다.

"현지인이 먹는 3솔(1200원)짜리 음식을 두 번 사 먹고, 시장에서 과일을 사 먹었더니 돈 쓸 일이 거의 없었어요. 스페인어로 가격도 깎았다니까요."

역시 협상의 대가, 막내다웠다. 그 힘든 '잉카 바이크'를 하면서 자신들에게 주어진 과제까지 해결했다니, 열여덟과 열여섯에 불과한 아이들에게 이런 힘이 있다는 것이 믿기지 않았다. 아니, 이들에겐 이미 이런 잠재력이 있었는데, 부모인 내가 믿지 못한 건 아닌지 부끄러웠다.

다음 날 새벽, 마추픽추로 오르기 위해 신발 끈을 동여맸다. 어제에 이어 오늘도 비가 부슬부슬 내린다. 자전거 트래킹이 용기를 가져다준 걸까? 세 청년은 걸어서 직접 올라가겠단다. 덩달아 딸까지 동행하겠다니……. 할 수 없이 남편과 나만 버스를 타고 올라갔다. 가는 길은 생각보다 험했고, 무엇보다 장대비까지 내렸다. 그러나 우리 부부도 변해 있었다. 예전 같았으면 이 비를 아이들이 쫄쫄 맞을 생각을 하며 걱정 근심을 가득 안고 걸었을 텐데, 이제는 이 정도쯤이야 하는 마음이 생겼다. '3박 4일의 자전거 여행'까지 치른 아이들에게 비를 뚫고 겨우 몇 시간 동안 걷는 건 식은 죽 먹기이리라.

일찍 도착해서 한참을 둘러보고 있는데 입구에 아이들이 나타났다. 비가 내린 뒤 안개가 자욱한 마추픽추는 사진이나 TV로만 보던 것과는 확실히 달랐다. 서서히 안개가 걷히며 자신의 모습을 드러내는 공중 도시 마추픽추를 보며 남편이 감동 어린 목소리로

✚ 마추픽추

말했다.

"비가 와서 힘들었지만, 덕분에 색다른 마추픽추를 보게 되었네. 역시 세상일은 다 이유가 있어, 안 그래요?"

남편의 말이 옳다. 이번 마추픽추의 여정은 온 가족이 배낭여행을 하겠다고 길을 나선 이래 가장 특별한 사건이었다. 아이들의 가능성과 잠재력을 몸소 체험할 수 있었던 시간, 장대비를 뚫고 어느 누구도 마주하지 못했을 것 같은 안개 낀 마추픽추를 만날 수 있었던 시간이었다. 어쩌면 여행의 또 다른 이름은 새로운 모험과 도전일는지도 모른다.

7년이라는 긴 시간을 오직 자전거 한 대에 의지해 전 세계를 누비겠다는 한국인 청년을 만나서였을까? 남아메리카를 여행하는 동안 유난히 '청춘'이라는 단어를 생각하며 우리 집 세 아이들이 겪어야 하는 그 불안정한 시간을 미리 마주할 수 있었다. 청춘의 시절에 모험을 떠나는 이유는 무엇일까? 단순히 일탈을 찾아 나서는 무모함, 아니면 삶에 대한 불타오르는 열정을 견디지 못해서? 안일함을 뿌리치고 자신만의 삶을 개척하려는 용기, 아니면 정답 없는 인생에 대한 이유 없는 방황?

그 이유가 무엇이든지 모험을 두려워하지 않고 즐길 수 있다는 것은 오로지 청춘만이 누릴 수 있는 특권일 것이다. 우리 부부처럼 그 시절을 오래전에 지나온 사람이 보면 그저 부럽기만 한 시간. 다행히 우리 부부도 이번 여행을 통해 마음만은 한결 젊어진 것 같다.《청춘표류》를 쓴 다치바나 다카시의 말처럼 "세월의 나이만으로 청춘이 정해지지 않는다"는 데 감사하게 되었다. 이래저래 온 가족이 배낭여행을 하겠다고 길을 나선 것이 잘했다는 생각이 든다. 여행이 아니었다면, 지금쯤 우리 가족은 어떻게 살고 있을까? 세상이 이토록 넓다는 걸, 세상이 이토록 아름답다는 걸, 세상에 이토록 모험심 넘치는 여행자들이 많다는 걸 알 수 없었겠지? 마추픽추 정상에서 아이들에게 《청춘표류》의 한 구절을 읽어 주고 싶다.

'시간을 따져 언제부터 언제까지가 청춘이라고 정의 내릴 수는 없다. 어떻게 살 것인가를 고민하는 시간이 청춘의 시간인 것이다. 그 기간의 길고 짧음은 사람마다 다르다.'

《세상이 학교다, 여행이 공부다》 (부키마트, 2011)

⏻ 마추픽추

안데스 고원의 문화 중에서 가장 높은 수준의 문화를 이룩한 것은 중앙 안데스 지방으로, 이곳에 15세기 초 잉카 제국이라는 고대 국가가 탄생합니다. 그 대표적 유적지인 마추픽추는 안데스 산맥 밀림 속, 험한 절벽의 산꼭대기 해발 2400미터에 위치한 도시입니다.

마추픽추는 신전, 궁정, 거주구 등으로 구분되어 있고 주위는 성벽으로 굳혀져 있습니다. 도시에 400채 정도의 주택 유적이 있고 대부분 20톤 남짓의 거석으로 축조되었으며 도시의 서쪽에 궁전과 신전이 만들어졌는데, 가장 큰 돌은 높이 8.53미터 무게 361톤에 달한다고 합니다. 석재는 600미터 아래로 내려온 험한 계곡 밑에 있었다고 추정하는데, 철제 공구가 없었던 잉카인들이 돌을 어떻게 자르고 운반했는지, 또 어떻게 면도날도 드나들 틈 없이 정교하게 돌을 쌓았는지, 놀라움 그 자체입니다.

마추픽추에는 평야가 적었지만, 잉카인들은 산비탈을 계단처럼 깎아 옥수수를 경작하여 오랜 세월 동안 넉넉히 먹고살았으며 구리를 쇠만큼 단단하게 제련해 썼습니다. 이렇듯 강성했던 잉카 제국은 1532년 스페인 군대에 의해 허망하게 무너졌고, 잉카인들은 더욱 깊숙이 숨기 위해 처녀들과 노인들을 마추픽추의 한쪽 묘지에 묻어 버리고 어디론가 사라져 버렸다고 합니다.

1만 명이나 되는 잉카인들이 살던 요새 도시 마추픽추는 1911년 미국인 하이럼 빙엄에 의해 발견되었고, 발견 당시 마추픽추는 수풀에 묻혀 있던 폐허의 도시였습니다. 마추픽추는 산꼭대기에 건설되었기 때문에 구름이 산허리에 걸려 있을 때가 많아 산 아래에선 이 도시의 존재를 확인할 길이 없었습니다. 산, 풀, 절벽에 묻힌 채 아무도 그 존재를 몰랐기에 '잃어버린 도시', 공중에서만 존재를 확인할 수 있다고 하여 '공중 도시'라고도 불립니다.

1 글쓴이가 여행을 하며 발견한 아이들의 새로운 모습은 무엇인가요?

2 '청춘' 시기에 꼭 하고 싶은 일은 무엇인가요? 왜 그것을 하고 싶은지도 말해 봅시다.

+ 2012 미스 베네수엘라

2

1만 시간 동안의 남미

박민우

너의 죗값으로 똥줄 타게 마감하라

"자, 어서 타세요. 바로 출발합니다."

지금 눈앞의 고물차는 내가 치러야 할 죗값이다. 게으르고 귀 얇은 사람은 잡지에 연재 같은 건 하면 안 되는 거였다. 인터넷은 어디에서나 있을 거라고, 방심하고 안일했던 나는 뼛속 깊이 후회하며 쓸쓸히 국경을 넘고 있었다. 또 한 번 살 떨리는 시간 싸움을 하며 가까스로 원고를 넘겨야 한다. 카즈마, 이치와는 변변한 인사도 못했다.(카즈마는 베네수엘라 메리다에서 다시 만나기로 했다.)

따뜻한 해변에서 멋지게 등 지지며 새해를 맞이하자는 아름다운 취지로 '카보 데 라 벨라'라는 해변을 찾은 것까지는 좋았다. 국경선 근처까지 와서 굳이 우리를 배웅해 주겠다는 이치의 마

+ 카보 데 라 벨라

음 쓺쓺이가 갸륵해서 따라 나섰던 것이 화근이었다. 아무리 시골 깡촌이라도 인터넷이 없는 곳은 없었으니 해변에서 바다를 바라보며 마감을 해 보는 것도 멋질 것 같았다. 여행의 기름진 행복을 독자에게 전달해 주리라!

그랬다가 나는 여행 중 최초로, 인터넷이 없는 깡촌을 만났다. 스페인어조차 안 되는 인디오들이 사는 해변 '카보 데 라 벨라'. 특별하고 신령스러운 해변임은 분명했으나, 그게 눈에 들어올 리 없었다. 미친 사람처럼 인디오 추장 아저씨(같이 생겼다)에게 다짜고짜 인터넷이 어디에 있느냐고 물었다. 사냥하고 주술 외우

기도 바쁜데 그깟 게 다 무어냐는 표정에 나는 깊은 감명을 받고 짐을 싸야 했다. 그리고 이렇게 국경선 마을에서 총알택시를 타고 국경선을 넘고 있는 것이다. 콜롬비아와 베네수엘라를 가르는 국경선에는 택시들이 성업 중이었다. 굳이 버스 올 때까지 기다릴 시간이 없으니 나는 앞뒤 가리지 않고 택시를 잡았다.

1970년대 미국 드라마에서나 나올 법한 거대한 차. 성격만 좋아 보이는 운전사 아저씨가 활짝 웃으며 나를 반겼다. 이 사람을 믿고 국경을 넘어야 한다. 나 말고도 뒤에 세 명의 여자가 탔는데, 모두 가족인 듯했다. 두 명의 아가씨와 나이 든 중년의 여성이 겁에 질린 표정으로 나와 눈인사를 나눴다. 뜬금없이 동양인이 탄 것에 적잖이 당황한 눈치였다.

이것저것 생각하기도 귀찮았다. 마감만 끝내면 된다. PC방만 있으면 된다. 다시 한 번 나의 게으름에 화가 머리끝까지 뻗쳐올랐지만, 불필요한 후회는 탈모만 자극할 뿐이다. 국경선에 있는 콜롬비아 쪽 출입국 관리 사무소에서 검사받고, 베네수엘라 쪽 사무실로 넘어가면 된다. 콜롬비아 사무소 안에는 사람도 별로 없어서 금세 끝낼 수 있을 것 같았다. 금방 도장만 꽝꽝 찍고 보내 주겠지. 그런데 내 차례가 되자 출입국 직원들의 표정이 굳어졌다. 나는 지은 죄도 없이 침을 꼴깍 삼켰다.

"무슨 문제가 있는 건가요?"

"보고타에 전화를 해 봐야 해요."

"자세히 설명해 주세요."

✚ 콜롬비아와 베네수엘라의 국경선

"그러니까……."

그는 자세히 설명을 해 주었고, 나는 못 알아들었다. 그들은 내 여권을 돌려주지 않고 기다리라고만 했다. 수시로 나와 눈이 마주쳤다. 내가 그토록 찾던 현상 수배자와 닮았나 보군. 낌새를 차리고 도망가기 전에 경찰이 투입돼 주기를 간절히 바라는 눈치였다. 10분이 지났다. 전화벨은 울리지 않았고, 그들은 내 일은 까맣게 잊은 듯 다른 이들의 여권을 검사했다.

'자동차는 잘 기다리고 있을까?'

국경선은 마치 톨게이트 같았다. 그래서 차들이 차례를 기다리며 앞으로 앞으로 나아가게 되어 있다. 택시는 벌써 저만치 가 있는지 시야에서 보이지 않았다. 뭐야, 차 안에 짐도 다 있는데 설마 나만 두고 가지는 않았겠지? 여권을 놔두고 마냥 차를 찾으러 나서기도 불안하긴 마찬가지였다.

"아직 멀었나요?"

"보고타에서 전화가 올 거예요."

"언제 오나요?"

"몰라요."

나는 여권을 못 받은 채 사무실을 나와 보았다. 한참을 달려갔다. 빽빽한 차들 사이에서 택시는 보이지 않았다. 이거 정말 야단났다. 차비도 이미 줘 버렸겠다, 생각해 보니 운전사는 굳이 나를 기다릴 필요가 없었다. 배낭 안에는 냄새나는 더러운 옷가지들뿐이지만, 생필품 귀한 나라에서는 그거라도 탐낼 수 있다. 설사 그럴 의도가 없더라도 뒤차에 밀리다 보면 '에라 모르겠다' 는 정신으로 떠날 수밖에 없을 것이다.

가방 안에 있는 탈모 샴푸(원형 탈모 때문에 아껴 쓰던 샴푸였다.) 와 마지막 남은 미역(여행한 지 다섯 달이 지났는데도 마른미역이 남아 있었다.)이 가장 아쉬웠다. 직원은 내 눈을 보며 아직도 소식 없다는 듯 고개를 가로저었다. 불같이 화가 치밀어 올랐다. 불쌍한 소시민은 똥줄 타게 급한 상황에서 관공서 직원은 자기네들끼리 잡담이나 하고 있는 것일 테다. 서로 내 업무가 아니라며 자리에 없는 사람에게 떠넘기기 바쁜 거겠지. 그런데 정말 택시는 떠났을까? 그렇게 성격 좋아 보이는 양반이 무책임하게 '쌩' 하고 날아가 버렸을까? 그냥 버스를 탈걸. 좀 늦더라도, 버스라면 도망가는 일은 없을 텐데. 택시가 없다면 여기선 또 어떻게 가야 하지? 아무 차나 붙잡고 태워 달라고 사정해야 하는 건가? 없던 편두통이 밀려왔다. 마감은 정말 끝낼 수 있을까? 이따위 사고도 이젠 지긋지긋하다. 한두 번도 아니고 매번 이렇게 일이 꼬일 바엔 여행이고 뭐고 다 때려치우고 싶었다.

"뭐, 뭐야? 뭐가 문제야?"

바로 그때 택시 운전사 아저씨가 사무실 문을 쾅 열고 들어왔다.

생사를 넘는 과속, 트럭과의 맞장

아저씨는 잔뜩 성이 났는지 콧구멍까지 들썩거렸다. 씩씩거리며 사무실 문을 밀치고 들어오는 모습이 너무 극적이어서 달려가 안길 뻔했다. 붉은 망토에 붉은 팬티만 입히면 영락없이 연로한 슈퍼맨이었다.

"왜 그래, 왜 안 나와?"

다그치는 운전사에게 나는 손가락으로 출입국 직원을 가리켰다. 엄마에게 이르는 아이처럼 억울하고 슬픈 표정을 정확하게 지어 냈다. 그는 득달같이 직원에게 달려들었다.

"아니, 뭐가 문제인 거야? 영업을 하라는 거야 말라는 거야?"

통쾌하다! 그 거침없음, 그 카리스마. 박력 있는 꾸짖음이 사무실에 쩌렁쩌렁 울려 퍼졌다. 정의의 택시 아저씨, 형편없는 직원들에게 올바른 응징을 내려 주고 있었다.

"그래서, 여권 빨리 못 줘?"

"그게, 전화가 와야……."

"그럼 한 번 더 전화해 보란 말이야. 오늘 저녁까지 나도 돌아와야 할 거 아니야."

잔뜩 겁먹은 직원은 다시 한 번 전화를 했고, 정말 얼마 안 가 그렇게 간절히 바라던 전화벨 소리가 울렸다. 아저씨는 여권을 챙겨 주며 찡긋 윙크를 했다.

"아기야, 가자!"

한숨 났다. 탈모 샴푸와 마른미역도 나를 떠나지 않았다. 나를 구원해 준 아저씨의 뒷모습은 사진으로라도 간직하고 싶을 만큼 거룩하고 위대해 보였다. 차는 정말 한참 떨어진 곳에 있었다. 함께 탔던 세 명의 여자도 뾰로통한 표정으로 차 안에 있었다. 30분 이상을 기다린 것이다. 나에겐 3시간으로 느껴지는 30분이었다. 이젠 가족이 된 것처럼 복받쳐 오르게 반가웠다.

"늦었어, 늦었다고."

그때부터 아저씨의 광기 어린 운전이 시작됐다. 살았다 싶었는데, 다시 생사를 오가는 무서운 질주가 시작된 것이었다.

"아아악, 아저씨이~."

살다 살다 그런 폭주족은 처음 봤다. 우리나라 총알택시도 이 아저씨에 비하면 준법 서행이었다. 앞에 가는 차들이 마치 정지해 있는 것처럼 느껴졌고 어떤 장애물도, 심지어는 길을 가로막고 지나가는 말까지도 아저씨 눈에는 보이지 않는 듯했다. 마치 도로가 아니라 사방팔방 뚫려 있는 아스팔트 사막을 전속력으로 질주하는 느낌이었다. 그래도 성에 안 찼는지 아저씨, 이번에는 차선을 바꿨다. 2차선에서 1차선으로 바꾸는 것이 아니다. 그냥 반대편 차선으로 냅다 뛰어드는 것이다. 2차선이나 4차선의 좁은 도로를 거침없이 누볐다. 반대편 차선을 아예 우리 차선이려니 하고 여유 있게 서행을 할 때는 입을 다물 수가 없었다.

그때였다. '너, 이놈 잘 걸렸다'는 식의 타이밍으로 택시를 압도하는 거대한 트럭이 마주 보며 달려왔다. 이건 딱 대형 사고감이다. 우리 쪽 차선에도 이미 차들이 있어서 빼도 박도 못할 상황이었다. 죽어도 보험금 단 한 푼 못 받는 100퍼센트 일방 과실의 현장. 불효막심하게도 부모님께 금전적 도움을 줄 수 없는 사망 사고가 눈앞에 다가오고 있었다. 다시는 이런 택시를 이용하지 않으리라. 그렇게 비명을 지르는데, 아저씨는 누런 이를 드러내며 씩 웃고 있었다. 즐기고 있는 표정이었다. 그리고 영화 〈택시〉에서나 나올 법한 절묘한 곡예 운전이 시작되었다. 마주오는 차들이 조금씩 갓길로 빗겨 나가고, 그 아슬아슬한 간격을 두고 중앙선 운행을 하는 아저씨. 아마도 이런 식의 운전이 일상화되어 있는지 운전자들은 차선을 넘는 차를 발견하면 순발력 있게 피해 갔다.

그렇게 몇 번 도살장에 끌려가는 돼지처럼 비명을 지르다 보니, 은근 재미있어지기 시작했다. 뒤에 탄 세 명의 여인들이 곯아떨어진 걸 보니, 이런 운전은 매일 배달되는 우유처럼 흔한 일인 듯했다. 이때 아니면 또 언제 중앙선 운전을 구경해 보나 싶어 나중엔 사진까지 찍기 시작했다. 그렇게 얼렁뚱땅 베네수엘

✚ 베네수엘라 메리다

라로 진입해 버렸다.

미인들이 세계에서 가장 많다는 나라, 요즘 들어 부쩍 미국과
의 관계가 불편한 나라(차베스 대통령은 대놓고 미국에 대한 적대감
을 드러낸다.), 석유가 물보다도 더 저렴한 나라(수도 카라카스의 기
름 1리터 가격은 40원이다.). 베네수엘라에서 오래 머물지는 않을 예
정이었다. 마감을 신속하게 끝내고, 그리고 메리다에 잠시 들렀
다 브라질로 넘어갈 것이다. 뒷자리에 앉은 세 명의 여자 중 가
장 어린 여자아이(중학생 정도 되어 보였다.)가 언제 깨어났는지 사
탕을 건네주었다. 나 때문에 많이 짜증 났을 텐데, 마음이 참 곱
구나 싶었다.

"어디로 가세요?"

"응. 메리다로 가야 해. 거기서 친구를 만나기로 했거든."

"오늘 가도 버스를 잡기 어려울 텐데요."

"상관없어(젠장, 또 터미널에서 날밤을 새워야 하는구나.)."

"괜찮다면 우리 집에서 자고 가세요."

"어어어, 어?"

숨겨진 기생충의 본능이 오래 참았다는 듯이 꿈틀대고 있었다.

장화와 홍련, 나그네를 홀리다

"저희 집에서 자고 가세요."

언제나 호의에 굶주린 나였지만, 이번만큼은 고민이 되었다. 좋은 잠자리에 따뜻한 음식이 거저 생긴다는 건 고마운 일이지만, 나라고 낯선 이들과 같이 생활하는 게 불편하고 어색하지 않을 리 없다. 첫 출근한 동물원 막내 원숭이가 되어 손짓 발짓으로 그들의 호기심에 일일이 답하는 건 10분 이상 지나면 숨이 막힐 정도로 고단하다.

"PC방이 있을까?"

"그럼요. 많아요."

많단다. 있단다. 인터넷이 많다는데, 일단은 안전하게 원고를 송고하는 게 급선무였다.

언니는 콜롬비아에서 대학을 다닌다고 했다. 주말이나 방학이 되면 집으로 돌아오는데, 이번에는 동생과 이모랑 해변에서 바캉스를 즐기다 돌아가는 길이라고 했다. 베네수엘라는 미인이 많다더니, 언니는 깎아 놓은 밤톨처럼 예뻤다. 이건 내가 인복이 많은 건지, 남미 사람들이 태생적으로 친절한 건지. 한두 시간 차 안에 같이 있었다는 이유만으로 낯선 나그네를 서슴없이 초대하다니. 곳간에서 인심 난다고, 여유가 있는 집인 듯했다. 차림도 그렇고, 해맑은 표정도 그렇고, 영락없이 돈 걱정 없는 곳에서 구김 없이 자란 표정이었다. 부모 잘 만나서 다른 나라에서 공부도 하고, 가족 단위로 바캉스도 하고. 이렇게 넘치는 행복, 좀 나눠 받아도 되겠다 싶었다. 이왕 신세 지는 거 아주 잘살았으면 했다. 그래서 대접도 잘 받고 싶었다. 걱정과 염치가 사라지자, 뻔뻔한 기대감과 그럴듯한 상상력이 연결되어 괜히 웃음이 났다.

'택시 타기를 잘했어.'

생각보다 집은 평범했다. 솔직히 말하면 약간 가난해 보이기까지 했다. 집 안에서는 고약한 냄새가 코를 찌르고, 마당의 개는 지저분해 보였다. 보통의 가정집인데, 차고를 개조해서 미용실 비슷한 걸 운영하고 있었다. 하지만 손님은 없었고, 앞으로도 당분간 없을 것 같은 분위기였다.

엄마는 평범한 아줌마였는데, 딸들과는 달리 어둡고 지친 얼굴을 하고 있었다. 잘 웃지도 않았다. 아버지는 보이지 않았다. 사실 그게 더 불편했다. 아버지라도 있었다면 내가 이리 안절부절못할 필요는 없었을 터였다. 엄마와 이모, 그리고 두 딸이 사는 금남의 공간에 내가 들어온 것이다. 거기다가 방은 단 두 개

밖에 없었다. 나는 약간은 실망스럽고, 아주 많이 난감했다. 이런 형편에도 군이 나를 끌고 오다니. 어쩌면 저렇게 해맑을까? 나는 어릴 때 전세를 산다는 것만으로도, 선생님의 가정방문이 끔찍하게 싫었었는데…….

그들은 오자마자 밥을 먹이더니, 동생 녀석이 씻으라고 했다. 워낙 더운 나라여서 씻는 게 생활이 된 건 맞지만 남의 집에서 대뜸 샤워부터 하는 게 영 편치 않았다. 그렇게 떠밀려 샤워를 하기는 하는데, 욕실 내에서도 지독한 소독 내가 코를 찔렀고 변기나 샤워 꼭지를 봐도 형편이 어렵다는 건 쉽게 짐작이 갔다.

하지만 지금 남의 집 살림살이나 살필 때가 아니다. 나는 원고를 끝내러 왔다.

"신발 벗고 누우세요."

깜짝이야. 샤워를 끝내자마자 언니는 다짜고짜 운동화를 벗겼다. 그러고는 방으로 들이밀더니 한숨 자라는 것이다. 그 상황이 전혀 어색하지 않아서 더 이상했다. 그러고는 불을 끄고 바깥으로 나가 버렸다. 생글거리며 그렇게 나를 재우려 하니, 그 상황에서는 자는 수밖에 없었다. 일도 밀려 있는데 팔자 좋게 낮잠이라니. 방 안은 어두웠다. 두꺼운 커튼 때문에 모든 빛이 차단되었다. 구닥다리 에어컨이 맹렬하게 돌아가는 소리가 들렸다. 한기가 서릴 만큼 추웠다. 찌는 듯 더운 나라여서 늘 에어컨을 틀어 놓고 사는 듯했다. 어두컴컴한 냉골에서 뒤척이고 있자니 콩나물이 된 느낌이었다. 이렇게 서늘한 음지에서 낮잠 자고 일어

✚ 마라카이보에서 볼 수 있는 구식 차들

나면, 콩나물 대가리만큼 비쭉 자라 있을 것만 같았다.

"저기 인터넷을 해야 하는데."

잠이 올 리가 없었다. 30분 자는 척하다가 일어났다. 정말이지 그 불편한 마음은 진정이 되질 않았다. 컴퓨터가 없는 듯하니, 근처 PC방을 찾아봐야 할 듯했다.

"그럼요. 저를 따라오세요."

그놈의 인터넷. 언젠가는 지구를 아우르는 무선 인터넷이 개발되겠지. 두 아이는 상냥하게 나를 이끌고 거리로 나섰다.

마라카이보의 변두리를 그렇게 거닐게 되다니. 마라카이보는 콜롬비아와 국경선을 맞대고 있는 곳으로 베네수엘라에서 두 번째로 큰 도시다. 그래도 제법 규모가 있는 도시인데 거리엔 온통 미국의 칠팔십 년대 차들로 가득했다. 기름값이 싸니까 만만한 게 택시 영업인지, 거리는 택시로 넘쳐났다. 그냥 그대로 폐차장 으로 달려가야 할 차들이 검은 연기 쏟아 내며 다니는 모습은 무 서웠다. 좀비들이 거리를 어슬렁거리는 것처럼, 죽은 차들의 영 혼만 돌아다니는 것처럼 섬뜩했다.

택시까지 타고(택시비는 1000원이 채 안 되었다.) 천신만고 끝에 PC방을 찾았다. 아! 인터넷. 인터넷이 이렇게 반갑고 소중하다 는 건, 인디언 추장이 버티고 서 있는 해변을 다녀와 봐야만 알 수 있다. 이 인터넷을 찾아 국경선까지 넘었다. 드디어 지리한 마감의 고통에서 해방될 수 있었다.

미모에 목숨 거는 나라, 베네수엘라

"비디오 보실래요?"

"어어, 그래!"

동생은 언니보다 붙임성이 더 좋았다. 여기저기서 가져온 사 진과 비디오테이프를 수북이 방에 쌓아 놓고 조잘조잘 마냥 신 이 났다. 언니의 성인식 때 모습이 담겨 있는 비디오였다. 남미 에서는 만 열다섯 살이 되면 성인식을 하는데, 어린 나이에도 진 한 화장과 드레스를 입고 파티를 즐기는 모습이 이채로웠다. 성 인식 때는 가장 예쁜 모습이어야 하기 때문에, 몇 년 전부터 몸 매를 가꾸고 치장에 공을 들인다고 했다. 미인의 나라라더니 이 두 아이도 외모에 대한 관심이 지대했다. 막내는 깡말랐는데도 저녁 식사로 한 줌도 안 되는 빵만 뜯어 먹더니 훌라후프를 연방 돌려 대는 것이었다. 한창 자랄 나이인데 저러면 키가 안 크지 않을까 걱정이 되었다.

✛ 화장하는 법을 배우고 있는 베네수엘라 소녀

"내년에 성인식이 있어요. 그때를 위해 지금부터 준비하지 않으면 안 돼요."

베네수엘라에서는 미모가 사회적 지위를 끌어올릴 수 있는 가장 확실한 방법이라고 한다. 그래서 그 어린 나이에도 화장이나 옷을 입는 감각이 또래의 다른 나라와는 많이 달랐다. 언니도 열여덟 살의 나이에 비해 무척이나 성숙해 보였다. 여유가 있으면 미인 양성 학교에 들어가서 체계적으로 미인 대회를 준비한다고 한다.

미스 텔레비전, 미스 은행 등 미인 대회가 넘치고 넘치는 나라 베네수엘라. 이들에겐 월드컵만큼이나 미스 유니버스가 나라를 들썩이게 하는 화제의 중심이다. 미스 유니버스를 인도에 빼앗겼다는 둥, 이번에 미스 유니버스를 놓치면 안 된다는 둥 나라의 명예를 걸고 미인 대회에 연연했다.

특이한 건 싱글맘이 많다는 것이다. 엄격한 가톨릭 국가이다

보니, 아기를 가지면 절대 낙태를 하지 못한다. 연애를 하다 덜컥 임신이 되어 아기를 낳고 미혼모가 되는 경우가 흔했다. 그래서 더욱 미에 집착하는 건지도 모른다. 미인이 되어 직업도 좋고, 안정적인 남편을 만나는 것. 그것이야말로 베네수엘라 여성의 꿈인 듯했다.

'그 미의 경쟁에서 도태되거나 젊음이 끝나면 쓸쓸하게 세상의 중심에서 탈락하겠지. 이 아이들도 세월이 지나면 엄마나 이모처럼 의욕 없는 표정일까?'라고 생각하다 아이들에게 뭘 줄 게 없을지 가방을 뒤적여 보았다. 한국에서 사 온 나무젓가락(절대 일회용 젓가락 아님.)이 나왔다. 음식 먹을 때도 쓰고, 머리 묶을 때 써도 예쁘다며 건넸다. 즉흥적인 아이디어였는데 비녀처럼 머리에 꽂으니 그럴듯했다. 그리고 중국집에 가서 기분 좋게 한턱을 냈다.

중국집이 전 세계 어디에나 있다는 건 여간 든든한 게 아니다. 아쉬운 대로 밥을 먹을 수 있는 곳이어서 늘 감사했다. 중국집 주인은 이곳에 정착한 지 얼마 안 되는 본토 중국인이었다. 나를 보자마자 너무도 반가워하며 중국말로 인사를 했다. 내가 제대로 대답을 못하는데도 같은 나라 사람이라고 확신하며 계속 말을 시켜 적잖이 당황했다. 내가 스페인어로 떠듬떠듬 한국에서 왔다고 하자, 그제야 자기는 여기 온 지 2년이 넘었는데 자신보다 스페인어를 잘한다며 놀라워했다. 언제든 고향에 돌아갈 수 있겠다며 부러워했다. 그 눈빛이 짠했다. 혹시 나에게 고향 소식이라도 들을까 봐 그렇게 좋아했을 텐데. 그러고는 세숫대야에 면을 담아 왔다. 혹시 나만 특별히 큰 그릇에 준 게 아닐까 했는데 모든 그릇이 작은 세숫대야만 했다. 장담하건대 보통의 소심한 위장을 가진 사람은 절대 끝낼 수 없는 무지막지한 크기였다. 역시 중국인은 국위 선양도 '양'으로 하는구나. 먹어도 먹어도 안 주는 신비의 국수 때문에 나는 그날 배가 찢어져 죽는 줄 알았다. 하지만 그들과 그렇게 한 끼 식사를 하는 건 행복했다.

가난을 나누는 건 참 풍요롭다. 가난한 사람은 항상 감사할 준비가 되어 있고, 기뻐할 준비가 되어 있다. 사소한 것에 감사하고, 작은 것도 크고 값지게 느낀다. 우리의 가난한 기쁨은 서로에게 전이되어 유쾌하게 부풀어 올랐다. 내가 부자가 되고 싶을 때는 이럴 때다. 좋은 사람들과 끼니를 나눌 수 있는 여유가 좋다. 포만감을 나누면, 행복은 무한 증식할 것이다. 그날처럼 그렇게 사랑스러운 저녁 식사를 좀 더 자주 하고 싶었다.

"이제 어느 나라로 가세요?"

"모르겠어. 아마 브라질?"

"제 이메일 주소를 알려 드릴게요. 어디를 가든지 소식을 알려 줘요."

그렇게 이틀을 묵고 나는 짐을 쌌다. 막내의 표정 속에는 나를 보내는 아쉬움과 미지의 세계에 대한 궁금함이 넘실대고 있었다.

"나도 내가 이렇게 먼 곳까지 올 줄 몰랐어. 너도 짐작 못하는 미래가 기다릴 거야."

그렇게 말하는 것이 부질없는 희망을 주는 건 아닐까? 괜히 미안해지면서도 나는 그녀가 좀 더 넓은 세계에서 미모가 아닌 다른 가치를 위해 정열을 바치는 삶을 기대해 보고 싶었다.

《1만 시간 동안의 남미 2》(꿈꾸는바스, 2008)

⏻ 베네수엘라와 차베스 대통령

베네수엘라는 현재 석유수출국기구(OPEC) 소속 나라 가운데 석유 생산량이 3위(하루 약 300만 배럴)인 나라로, 국가 재정의 50퍼센트가 석유 산업에 관련되어 있습니다. 풍부한 석유 자원을 바탕으로 1980년대 말까지 남미에서 1인당 국민 소득이 가장 높은 나라였습니다. 그러나 부정부패에 맞서 군사 반란을 일으킨 차베스가 대선에 출마한 1998년 당시는 국민의 80퍼센트가 빈곤한 생활에 허덕이고 있었습니다.

1998년 12월 대통령 선거에서 좌익 정당 MVR(제5공화국운동) 후보로 출마하여 빈민층의 지지를 받아 당선된 차베스는 국내적으로 대규모 미션(프로그램)을 시작하여 질병, 문맹, 영양 부족과 빈곤 등의 사회 문제를 퇴치하고자 노력하였으며, 베네수엘라의 석유 수출량을 감소시켜 외국 자본의 유치를 도모하였습니다.

석유 산업의 수익을 전액 국가 재정으로 귀속시킨 석유법, 신고하지 않은 개인 소유 토지를 국가가 수용하는 토지개혁법, 비과세 범위를 축소한 세제개혁법 등을 통하여 국가 재정을 확보하고자 노력하였으며, 정부 보조를 받는 무료 의료 제도와 대학까지의 교육 제도를 무료로 만들어 사회 복지 수준을 높이고자 노력하였습니다.

이러한 차베스 대통령의 비타협적 혁신 노선은 그동안 베네수엘라의 산업을 지배해 온 미국과 국내 자본가의 반발을 불러일으켰습니다. 그러나 1999년 2월 제61대 대통령에 취임한 이후 2000년, 2006년, 2012년에 연이어 재선되며 자신을 2400만 베네수엘라 국민 중에서 가난에 허덕이는 80퍼센트의 대통령이라고 힘주어 강조합니다.

차베스는 볼리바르 혁명의 지도자로서 민주사회주의 추진과 라틴아메리카 통합, 미국이 주도하는 신자유주의적 세계화와 미국의 대외 정책에 맞서는 반미주의자로 널리 알려져 있습니다.

200

1 글쓴이는 운전사 아저씨에 대한 감정이 어떻게 바뀌고 있나요?

2 남을 돕거나 베푸는 마음의 여유는 어디에서 나오는지 생각해 봅시다.

브라이스캐니언 국립공원

3

인디언 텐트에서 보낸
꿈(?) 같은 하룻밤

김동욱

브라이스캐니언(Bryce Canyon National Park)*을 빠져나오면서 새롭게 생긴 고민은 숙소였다.

브라이스캐니언에서의 일정이 확정되지 않아 한국에서 미리 숙소 예약을 하지 않았기 때문이었다. 해가 지고 나면 숙소를 찾기 어려울 것 같아 마음이 급해졌다.

'이럴 줄 알았으면 석양을 포기하고 빨리 나올걸 그랬나?'

그때였다. 차창 밖으로 브라이스캐니언의 사설 캠프장이 눈에 들어왔다. '루비스 인 RV 파크 & 캠프장(Rubys Inn RV Park &

---

* 브라이스캐니언 | 미국 유타주 남서부에 있는 일련의 거대한 계단식 원형 분지로, 미국에서도 가장 유명한 국립공원 가운데 하나다. 일출과 일몰 때 선명한 오렌지색, 백색, 황색 등의 빛깔을 띠는 암석과 흙으로 된 대규모의 돌기둥 수백만 개가 있으며, 크고 작은 여러 개의 협곡과 아름다운 산들로 이루어져 있다.

✚ 티피

Campground)'※이라는 곳으로, 그 안으로 수많은 텐트와 RV 차량
이 보였다. 마치 장난감처럼 보이는 인디언 텐트 티피(Tepee)도.

　'와! 저 인디언 텐트에서 자는 사람들은 참 좋겠다…….'라고
생각하고 있던 순간, Dew가 말했다.

　"저런 데는 비쌀 거야, 그치? 저런 데서 자면 참 운치 있고 좋

● 루비스 인 RV 파크 & 캠프장 | 브라이스캐니언 캠핑장 가운데 하나로, 인디언 티피와 그
룹 캠핑으로 유명한 캠핑장이다.

긴 하겠다. 고기도 구워 먹고."

"응, 저런 데서 캠프파이어를 하고 자면 진짜 좋겠다. 지아도 좋아하겠고……."

"밑져야 본전인데 혹시 남는 자리가 있는지 한번 물어보자. 저런 곳은 얼마나 하는지도 궁금하고. 혹시 알아? 자리가 있을지. 만약 자리가 있으면 비싸도 자자! 이런 경험을 언제 해 보겠어."

티피에서 자 보는 것도 정말 좋은 경험이 될 거라고 생각하면서 캠프장 입구에 있는 방문객 센터에 들어갔다.

"혹시 남아 있는 티피가 있나요?"

"네, 다행히 하나 남아 있어요."

"(자신 없게) 숙박료가 얼마죠?"

"하룻밤에 22달러입니다."

가격이 이렇게 착하다니. 게다가 캠프장 내에서 모든 취사가 가능하기 때문에 불도 피울 수 있다고 했다.

'오호라, 이게 웬 횡재?'

오늘은 어디서 자야 할지 불안하던 차에, 오랜만에 다시 야영을 한다고 생각하니 정말 좋았다. 게다가 이곳에서는 우리가 간절히 원하던 캠프파이어도 할 수 있잖은가!

물론, 지아는 우리보다 더 흥분했다. 지아에게 우리 자리를 보여 주니 넓은 티피 안을 뛰어다니며 기쁨을 가라앉히지 못했다. 그러다 혹여 넘어지지나 않을까 걱정스러웠지만, 지금은 지아가 기분을 있는 그대로 표현하도록 놔두고 싶었다. 나 역시 인디언이 된 양 텐트 주변을 방방 뛰어다니고 싶었으니까.

숙소를 잡고 한시름 놓았더니 배가 고팠다. 캠핑과 저녁거리를 준비하러 캠프장 근처에 있는 작은 가게를 찾았다. 이곳에서 우리는 나무와 석탄, 집게 등을 사고 먹을 것으로는 통조림 수프, 스팸, 소시지, 라면, 샐러드, 통감자 등을 장만했다. 모든 것을 완벽하게 갖추지는 못했지만, 즉흥적으로 하는 캠프 준비는 짜릿하고 즐거웠다.

늦은 저녁, 조출하게나마 우리들의 파티가 시작되었다. 분위기 좋은 캠프장에서 스스로 장작불을 피워서 스팸과 소시지를 구워 먹고, 뚜껑을 딴 통조림을 냄비처럼 불 위에 올려서 끓이고, 물도 끓여 컵라면에 밥까지 해 먹었다. 지금 이 순간, 세상의 그 어떤 사람도 부럽지 않았다!

브라이스캐니언의 수려한 협곡과 티피를 배경으로, 포일에 쌓인 감자가 익어 갔다. 검은 밤하늘에 총총히 수놓인 수많은 별들, 뜨거운 열기를 내뿜으며 타들어 가는 장작, 그리고 커피 한 잔의 여유. 행복은 일상에서의 사소한 여유, 사소한 발견, 사소한 행운에서 얻어지는 것이다. 지아는 동화책에서 본 인디언을 흉내 내며 지치지도 않고 뛰어다녔다.

그러나 횡재는 여기까지…….

티피에서 잘 생각에 온통 들떠 있었던 우리는 티피 안 천장으로 보이는 별들 때문에 놀라지 않을 수 없었다. 티피의 천장이 훤히 뚫려 있는 게 아닌가?

우리는 그제야 티피 안으로 바람이 숭숭 들어오고 있다는 것을 알아차렸다. 우리에게 이불이라고는 침낭 하나와 지아를 위한 담요뿐. 새벽에 있을 추위에 대비해 지아에게 긴 소매 옷을 최대한 끼어 입히고, 우리 가운데 눕혀 따뜻한 온도를 유지해 주려고 노력했다. 갑자기 뚝 떨어진 기온 탓에 몸이 떨려, 아무리 노력해도 잠을 이루기 어려웠다. 우리의 환상적인 기쁨은 어느덧 초라한 슬픔으로 바뀌었다.

'싼 데는 다 이유가 있는 거야.'

'왜 사람이 안 차 있었는지 알겠어.'

'티피 이거, 완전 겉만 멀쩡했지, 보온도 안 되고 무지 춥네.'

'인디언들은 이 속에서 어떻게 산 거야?'

억지로 눈을 감았다 뜨기를 반복하면서 원망으로 밤을 지새웠다. 걱정스러운 마음에 지아를 쳐다보니, 다행히 곤히 잠들어 있었다. 아침 9시쯤 되었을까. 날이 밝으면서 포근한 아침 햇볕이 티피를 데워 주기 시작했다. 티피 안의 온도가 서서히 오르자, 밤새 꽁꽁 얼어붙어 있던 나와 Dew의 몸은 약간의 안정을 되찾았다.

'이제야 살 거 같다. 오늘 일정을 조금 미루고 늦잠이나 자야 하는 건 아닐까?'

무거운 머리와 몸을 억지로 끌고 밖으로 나오니 오히려 밖이 더 따뜻했다. 얼마나 자주 깨고, 얼마나 웅크리고 잤던지 온몸이 뻐근했다. 잠을 잔 건지 안 잔 건지 모를 정도로 컨디션은 바닥이었다. 침낭이랑 담요만 더 있었어도 이렇게 고생은 안 했을 텐데…….

그날 밤은 우리 여행에 있어서 최고의 순간과 최악의 순간이 공존한, 두고두고 잊을 수 없는 밤이 되었다.

《유모차를 끌고 맨해튼에 서다》(예담, 2010)

⏻ 티피

티피는 예전에 아메리카 인디언이 사용한 거주용 텐트입니다. 원추형으로 배열한 기둥 위에 물소 가죽을 덮어 만듭니다. 텐트는 땅바닥에 나무 말뚝을 박아 고정하며, 정면에 나무 핀으로 닫아 둔 틈이 출입문 구실을 합니다. 몽고족들의 게르와 같은 이동식 천막으로, 유목과 사냥 생활에 적합한 건축물입니다.

티피는 원래 동물 가죽 또는 자죽나무 껍질로 만들었습니다. 겨울에는 따뜻하고 편안함을 제공하고, 집중 호우 기간에도 탁월했으며, 여름의 더위에도 시원한 구조입니다. 티피는 부족이 이동할 때 해체하기도 편리하고, 새로운 지역에 정착할 때도 어렵지 않게 다시 지을 수 있어서 인디언들의 사랑을 받았습니다. 또한 티피의 건물 구조는 빗물을 모으기에도 좋고, 난방을 위한 화덕의 연기가 잘 빠져 나가도록 되어 있습니다.

1 글쓴이가 묵었던 티피의 장점과 단점은 무엇인가요?

2 여행 중에 하루 동안 최고의 순간과 최악의 순간을 경험했다면 어떤 경우
  였는지 이야기해 봅시다.

✚ 안데스 산맥 위를 날고 있는 독수리

4

안데스 인디언 총각이 꿈꾸는 평등한 세상

손미나

인티, 그를 떠올릴 때면 높은 산의 정상에서만 만날 수 있는 바람이 생각난다. 고난과 위기의 순간들을 이겨 내고 값진 땀을 흘려 가며 산을 오른 자만이 느낄 수 있는 특별한 바람. 그러나 실제로 '인티'는 아르헨티나 북쪽 지방 인디언들의 언어로 '태양'이라는 뜻이다.

　내가 인티를 처음 만난 것은 에비타*의 무덤을 방문하고 나오는 길에서였다. 그날은 토요일이었고 여느 때처럼 레콜레타의 주말 장터가 열렸다. 임시로 세워진 천막들 사이 길을 따라 눈요기를 하며 한동안 장터 구경을 하던 나는 독특한 느낌의 수공예

* 에비타 | 1940년대 중반 아르헨티나 후안 페론 대통령의 부인 에바 페론의 애칭이다. 에비타의 삶을 그린 뮤지컬, 영화도 있다.

✚ 레콜레타 주말 장터

품을 발견하고 걸음을 멈추었다. 한 평도 되지 않는 비좁은 공
간, 그곳은 인디언들의 수천 년 역사와 지혜, 따뜻한 손길, 깊고
깊은 이야기를 품고 있는 듯한 물건으로 가득 차 있었다.

　"인디언들이 살고 있는 북쪽 지방은 가 보았나요? 아니라구
요? 저런…… 가장 아름답고 흥미로운 곳을 보지 못하고 가는군
요."

　아르헨티나 사람들과 이야기를 하다 보면 이런 말을 종종 듣
곤 했다. 하지만 아무리 시간을 쪼개어 계획을 짜도 도무지 북쪽
까지는 갈 수가 없던 상황. 어떤 특별함이 있기에 모두가 입을
모아 그런 이야기를 할까 무척이나 궁금해 하고 동시에 안타까

위하고 있던 터라 그곳이 내 발목을 잡아끌었음은 두말할 필요가 없다.

알록달록한 털실로 한 올씩 짜서 만든 인디언 식 망토와 모자, 그들만의 풍습이 엿보이는 생활용품과 액세서리, 열쇠고리, 그리고 악기 등을 잠시 훑어보다 자그마한 크기의 인디언 전통 기타가 너무 예뻐 만지작거리고 있는데 누군가 말을 걸었다.

"그 악기가 마음에 드세요? 어떻게 연주하는지는 아시구요?"

그 노점의 주인인 듯싶은 청년이 자리를 비웠다가 돌아와 있었다.

"아, 네…… 아니, 아니오, 어, 그러니까 연주할 줄은 모르는데 아주 마음에 들긴 하네요. 예뻐요. 어떤 소리를 내는지 궁금한데요."

동양적인 느낌의 속쌍꺼풀과 갈색의 눈동자, 앞가르마를 타서 하나로 묶어 내린 긴 생머리. 예사롭지 않은 인상을 풍기는 청년은 부드러운 미소를 지어 보이더니 내가 손에 쥐고 있던 기타를 받아 들었다.

짙은 피부색의 깡마른 그의 손가락이 기타 줄을 튕기자 어디선가 많이 들었던 음악이 잔잔히 울려 퍼졌다.

"야우 쿤투르 야쿠타이, 오르고피 티야크, 마이만탐……."

청년은 나지막한 목소리로 노래까지 불렀다. 분명 귀에 익숙한 노래인데 낯선 언어로 된 가사를 들으니 알쏭달쏭한 게 얼른 기억이 나지 않았다. 이게 뭐였더라…… 아! 맞다! 〈엘 콘도르 파사〉잖아!

위대한 안데스의 독수리여, 안데스의 보금자리로 나를 데려가 주오. 내 잉카의 형제들과 그곳에서 살고 싶네. 오 위대한 독수리여, 쿠스코에서 나를 기다려 주오. 그곳에서 함께 마추픽추와 후아이나픽추*로 산책을 가야지요…….

수 세기 전 잉카의 인디언들이 부르던 노래에서 유래했다는 그 애절하고도 서글픈 멜로디에 맞춰 청년은 인디언의 언어로 노래를 불렀다. 가슴 깊은 곳을 울리는 애잔함이 담긴, 안데스에서 들려오는 메아리 같은 기타 소리가 청년의 목소리와 어우러졌다.

"어때요? 소리가 괜찮죠? 이건 '차랑고'라고 하는 인디언들 전통 악기인데 내가 직접 만들었지만 내 마음에도 꼭 들어요."

기타 연주 솜씨와 노래만으로도 적지 않게 놀랐는데 그걸 직접 만들었다니 더욱 놀라지 않을 수 없었다.

"정말요? 이걸 당신이 만들었어요?"

"그럼요. 여기 있는 건 다 내가 만든 거예요. 우리 고향 사람들은 누구나 만들 줄 아는걸요."

청년은 당연하다는 듯이 답했다.

---

* 후아이나픽추 | 마추픽추는 잉카어로 '오래된 봉우리', '남자다운 봉우리'라는 뜻이고, 후아이나픽추는 '젊은 봉우리'라는 뜻이다. 마추픽추와 마주하고 있으며, 해발 2800미터에 이른다.

"놀라는 걸 보니 북쪽으로는 안 가 보셨나 봐요. 그것 참 안타깝군요. 실은 그곳이 바로 내 고향이죠. 세상에서 가장 아름답고 평화로운 곳……."

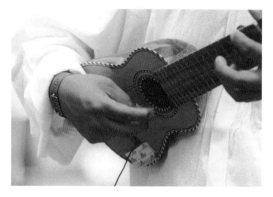

✦ 차랑고

　물건을 파는 일에는 관심조차 없는 것처럼 그는 고향 이야기를 이어 갔다. 스스로를 인티라고 소개한 그는 얼마 전부터 부에노스아이레스 대학에서 교환 학생으로 공부를 하고 있다며 고향이 사무치게 그립다고 말했다. 〈엘 콘도르 파사〉를 연주하며 자신의 언어로 노래를 부른 것도 다 이유가 있는 듯싶었다. 독수리에게 자신을 데려다 달라는 노랫말처럼 그는 안데스 지역에 위치한 고향 마을과 형제들을 그리워하고 있는 것 같았다.

　이런저런 이야기를 나누다 보니 청년의 기타를 사는 것은 물론 그것을 연주하고 싶은 욕심까지 생겼다.

　"혹시 제가 이 차랑고를 사면 연주법을 알려 주실 수 있나요?"

　거절당할 가능성도 많았기에 무척 망설이다 한 질문이었는데 의외로 그는 조금도 주저하지 않고 바로 고개를 끄덕였다.

　"당연하죠. 그런데 어쩌나, 지금은 힘들고…… 언제든 날을 정

✚ 폰초를 두르고 털모자를 쓴 모습

하면 다시 만나서 가르쳐 드릴게요."

하지만 어떻게 약속을 해야 한단 말인가. 안데스 산골에서 부에노스아이레스로 갓 상경한 긴 머리 인디언 총각, 그에게는 그흔한 휴대 전화조차 없었다. 결국 우리는 2주 후 월요일 저녁에 우리 집 옥상에서 레슨을 받는 것으로 약속을 하고 헤어졌다.

아무리 내가 차랑고를 산 대가로 레슨을 받기로 했다지만 먼

걸음을 할 새로운 친구를 홀대할 수는 없었다. 외로움이 가득했던 인티의 눈동자가 계속 아른거렸다. 그래서 나는 새로 생긴 친구의 적적함도 달래 줄 겸 인디언들에 관한 이야기도 들을 겸, 그가 오기로 한 날에 맞춰 파티를 준비하기로 결심했다. 여행하며 알게 된 아르헨티나 친구들 중에 인디언 문화에 관심 있는 사람들을 같은 시간에 집으로 초대했고, 크리스와 산티아고의 도움을 받아 인디언들의 전통 음식으로 저녁을 준비했다. 파티의 콘셉트에 맞춰 참석자들은 인디언들의 망토인 폰초˚나 털모자를 쓰고 오라고 했고, 그 분위기에 어울리도록 만반의 준비를 했다. 다행히 약간은 엉뚱한 나의 발상에 호의적이었던 친구들은 영락없이 북쪽 인디언들과 같은 모습으로 치장을 하고서 모두 참석해 주었다.

초대한 친구들이 거의 다 도착했을 즈음 인티가 초인종을 눌렀다. 그날 저녁, 우리는 인디언의 전통 음식을 먹으면서 달빛을 조명 삼아 길고 긴 이야기를 나누었다. 아니, 이야기를 나누었다기보다 모두가 일방적으로 인티의 말을 경청했다고 하는 편이 맞을 것이다.

"어디서부터 어떻게 설명을 해야 할까…… 너희들이 상상하기 힘든 태곳적의 문화와 생활 습관을 우리는 그대로 간직한 채

<hr>

˚ 폰초 | 남아메리카 인디언의 전통 의상으로, 망토 모양의 걸치는 옷이다. 한복판에 머리를 내놓을 구멍을 내어서 걸치고 신체의 앞뒤로 늘어뜨려서 겉옷으로서 입거나 모포로도 사용한다.

살고 있어. 예를 들어, 한 달을 28일, 30일, 혹은 31일로 계산하는 대신 우리의 한 달은 똑같이 30일로 구성되어 있지. 또 한 주는 10일로, 그러니까 한 달은 3주로 이루어지는데 해와 달의 움직임을 조화롭게 적용시켜 만들었기 때문이야. 그 점이 지금 사람들이 사용하는 달력과 다르다고 할 수 있지. 그리고 각 달은 그 시기에 일어나는 자연 현상이나 인간이 하는 일에 따라서 독특한 이름을 지니고 있어. 예를 들어, 3월은 꽃이 피고 땅이 성숙해지는 것을 볼 수 있는 달, 9월은 달이 춤추고 새로운 씨앗을 심는 달, 그런 식으로. 모든 것을 똑같이 나누는 평등주의가 우리에게 가장 중요한 가치이고 자연과 인간만큼 중요한 것은 없다고 믿기 때문이지."

"평등주의가 가장 중요한 가치라니 흥미롭네."

누군가 한마디를 던졌다.

"맞아. 평등주의. 나이가 많든 적든, 더 많은 것을 가진 사람이든 아니든 모두가 평등하다는 거야. 나이 어린 사람이 무조건 어른을 공경해야 한다는 사회적인 윤리도 없지. 어린아이도 현명하고 지혜롭다면 나이 든 사람들이 똑같이 존중하고 존경을 하지. 남녀 간에도 그래. 둘 중 어느 한쪽이 더 우월하다는 생각은 존재하지 않고 어떤 일이든 똑같이 역할을 나누어 하거든. 예를 들어, 누군가 결혼을 할 때 그 마을 사람들에게서 가장 존경받는 남녀가 함께 주례를 맡는다거나 뭐 그런 식으로."

"결혼 얘기를 하니까 궁금해지네. 결혼 풍습은 우리와 어떻게 달라?"

또 다른 누군가가 물었다.

"많은 차이가 있지. 우리 고향에서는 남녀가 사랑에 빠지면 결혼을 하기 전에 일단 동거를 하게 돼. 두 사람이 만나서 함께 살아 보지도 않고 평생의 약속을 한다는 것은 불가능하다고 생각하기 때문이야. 한 인간을 완벽하게 이해하고 사랑하는 것이 얼마나 힘든 일인데 그냥 결혼을 하겠어. 그래서 보통 2년에서 3년 정도 동거를 하고 그때 가서도 확신이 있는 경우에만 결혼을 해."

"만일 동거를 했는데 마음이 맞지 않으면 어떻게 하는데?"

"물론 그냥 원래의 삶으로 각자 평화롭게 돌아가는 거지. 서로에게 맞는 짝이 아니라고 해서 미워하며 살 필요는 없잖아? 최선을 다해 노력했고 사랑의 감정으로 시작한 일이었으니까 그것으로 서로에게 감사하고 각자의 행복을 빌어 주는 거야. 다른 사람들도 그들의 결정을 존중하고 격려하며 앞날에 축복을 빌어 주지. 그런가 하면 동거 후 결혼을 할 경우에는 신랑이 신부 측에 가축을 선물해. 모든 게 평등하다고는 하지만 여자는 아이를 낳아야 하잖아. 그래서 신랑이 신부에게 희생과 헌신에 대한 감사의 표시로 선물을 하는 거야. 우리 형이 결혼했을 때는 형수집에 소 두 마리를 선물했어. 그러고는 마을 어른 두 분의 주례로 결혼식을 올리고 정식으로 부부가 되었지."

"하하하, 재미있네. 소를 두 마리 선물했다니……."

다들 입을 모아 얘기하며 신기하다는 표정으로 인티를 바라보았다.

"그럼 장례식 풍습도 우리와 많이 다른가?"

"물론이야. 우리 고향 사람들이 죽음을 대하는 태도는 완전히 달라. 죽음은 슬퍼할 일이 아니라 오히려 기쁜 일이라 생각하기 때문에 아무도 우는 사람은 없지. 오히려 성대한 만찬을 준비해 파티를 열고 축하를 한다니까. 죽음은 삶의 고비들을 넘긴 한 영혼이 드디어 완벽한 평화를 누리게 되었음을 의미한다고 생각하는 거야. 그러니 새로운 생명이 태어났을 때처럼 누군가 주어진 생을 잘 마감하고 삶의 일부인 죽음을 맞이했을 때도 그것을 축하하는 거지. 또 육신의 생명이 다했다 하더라도 영혼은 영원하기 때문에 죽은 자의 영혼이 늘 함께 있다고 믿고, 그렇기에 슬퍼하는 모습을 보이는 것은 예의가 아니라고 생각하는 거야."

삶과 죽음에 관한 이야기가 나오자 모두가 갑자기 숙연해졌다. 따닥따닥 하는 소리를 내며 불꽃을 튀기는 장작더미에서 한 줄기 하얀 연기가 하늘로 피어올랐다. 그 모습을 바라보며 우리들은 하나같이 생각에 잠겼다. 삶이란 실은 '태어나는 순간부터 무덤을 향해 가는 길'이라는 어느 나라의 속담도 있듯이 죽음이란 누구도 피해 갈 수 없는 인생의 한 과정에 불과한 것을, 우리는 그것을 너무 힘들고 고통스럽게만 받아들이지 않던가. 인생이란 것이 어차피 그렇게 잠시 거쳐 가는 길이란 사실을 생각한다면 조금이라도 더 갖지 못해 아등바등하며 살 필요도 없을 텐데. 인티의 말대로 힘겨운 시간을 앞에 두고 있는 갓난아기보다 어쩌면 고난의 연속인 삶의 과정을 무사히 마무리하고 자연스레 자연의 일부로 돌아간 사람이야말로 더 축복받아야 하는 것은 아닐는지.

골똘히 생각에 잠겨 타는 장작만을 바라보고 있는 우리들을 위해 인티는 차랑고를 집어 들고 연주를 시작했다. 깊은 밤, 부에노스아이레스의 까만 하늘 아래 울려 퍼지던 기타 선율은 인티에게 들은 얘기 때문인지 왠지 죽음을 넘어 저 멀리 우리가 알 수 없는 세상에서 전해 오는 소리인 듯 영원하게 들렸다. 여전히 손으로는 차랑고 줄을 튕기면서 인티가 말했다.

"너무 복잡하게 생각할 것 없어. 인생은 생각보다 간단해. 기독교에는 십계명이 있지? 그것처럼 우리에게도 가장 기본이 되는 삶의 원칙들이 있는데, 우리 것은 본래 단 세 가지였어. 첫째, 도둑질하지 말라. 둘째, 거짓말하지 말라. 셋째, 나약해지지 말라. 그 세 가지만 지키면 정의로운 삶을 살 수 있고 모두가 행복할 수 있다는 거야. 행복하게 산다는 거…… 잘 생각해 보면 그렇게 아주 단순한 일이거든. 그런데 외부 사람들이 우리 문화를 짓밟고 침략한 이후로는 그 세 가지에 한 가지 원칙이 더해졌지."

"그게 뭔데?"

"배신하지 말라. 사실 역사가 우리를 가혹한 운명에 처하게 했지만 우린 그것을 원망하거나 모든 것을 앗아간 서양 정복자들에게 미움을 품거나 하지 않고 지금 가진 것에 감사하며 평화롭게 살고 있어. 말하자면 그들이 침략을 했건 말건 우리의 삶에는 달라진 게 없지. 그런데 한 가지 변화가 있다면 바로 배신하지 말라는 계명이 하나 더 늘어난 거야. 그 말은 곧, 배신하는 자들이 생겨났다는 뜻이겠지. 그리고 우리 인디언들의 언어에는 존재하지 않던 단어 몇 개도 생겨났어. 만약, 혹시, 어쩌면, 아마도 …… 그런 것들이지. 우리에게 말은 곧 약속이고 약속은 반드시 지켜야 하는 것이기 때문에 '만약'이라는 단어 따위는 사용할 필요가 없었는데 새로운 문화가 섞이면서 서로를 100퍼센트 신뢰할 수가 없게 된 거야. 예, 혹은 아니오, 그렇게 모든 것이 투명했는데 이제는 아니야. 안타까운 일이지."

그에게서 느껴지는 평온함, 그것은 아마도 욕심을 버리고 삶을 아주 단순하게 살아가는 인디언들의 철학 때문일 것 같다는 생각이 들었다. 쓸데없는 것들을 벗어던지는 지혜는 그리 쉽게 얻어지는 것이 아니겠지만 그의 얘기를 듣고 있는 시간만큼은 내 마음속에도 평화로운 기운이 잔잔히 번지고 있었다. 앞으로 살아가면서 스스로 마음을 잘 다스려 그 평온함을 늘 간직할 수 있기를 바랐다.

"그나저나 얘기가 너무 심각해졌네. 이제 즐겁게 놀자, 인티! 우리가 만든 음식 어때?"

분위기가 너무 가라앉았다 싶었는지 크리스가 대화의 주제를 바꾸는 한마디를 던졌다.

"아주 맛있네. 훌륭해. 고향에서 먹던 것과 똑같은걸!"

와~!!! 그로써 조용하던 저녁 시간이 끝나고 드디어 흥겨운 파티가 시작되었다. 친구들은 음악을 높이고 잔을 채웠다. 맛나는 요리와 와인, 가슴속 깊은 곳까지 와 닿던 특별한 이야기들, 그날따라 유난히 영롱한 빛을 내뿜던 달과 별, 모두가 멋진 밤을 즐기고 있는 동안 인티는 자신이 했던 약속을 지키기 위해 옥상 한구석에서 나에게 차랑고 연주법을 가르쳐 주었다.

차랑고는 생각보다 연주법이 까다롭지 않았다. 마음을 안정시켜 주는 마법을 지닌 인티의 차분하고 다정한 말투 때문인지 나는 아주 편안하고 쉽게 차랑고 연주를 배웠고, 파티가 끝날 무렵에는 서툴긴 해도 제법 그럴듯하게 한 곡을 연주할 수 있었다. 인티가 내게 가르친 곡은 〈엘 콘도르 파사〉. 고향에 대한 그의 애절한 그리움이 묻어 있는 곡, 우리가 처음 만났을 때 그가 인디언의 언어로 내게 불러 주었던 그 곡을 나는 친구들 앞에서 연주했다. 그리고 인티는 그런 내 곁에서 피리를 불었다. 잔잔한 파도처럼 넘실대다 부에노스아이레스의 밤하늘로 울려 퍼지던 그 소리. 공부를 마치면 고향에 돌아가 안데스의 형제들과 그들의 전통문화 보존을 위해 일생을 바칠 포부를 갖고 있는 인디언 유학생 인티, 그는 환상적인 꿈속에서 만난 안데스의 바람처럼 내 영혼에 새로운 기운을 불어넣어 주었다.

살면서 인티와 같은 사람을 만난다는 것은 정말 큰 행운이 아닐 수 없다. 언제 다시 볼지 알 수 없다 하더라도 안타깝기보다는 그저 감사하게, 그리고 그가 매우 가까이 느껴지는 이유, 그

건 바로 내가 지금 바라보고 있는 하늘 안에도 창공을 가로지르
는 바람을 따라 그가 늘 내 곁에 머물고 있기 때문일 것이다.

《다시 가슴이 뜨거워져라》 (삼성출판사, 2009)

⏻ 라틴아메리카의 인종

콜럼버스는 신대륙을 인도의 일부로 착각하여 원주민을 '인디오(Indio. 에스파냐어로 인도인
이라는 뜻)'라고 불렀는데, 뒤에 본래의 인도인과 구별하기 위하여 '아메리카의 인도인, 즉
아메리카인디언'이라 부르게 되었습니다. 중앙아메리카와 남아메리카에 사는 아메리카인
디언만을 '인디오'라고 부르기도 합니다.

라틴아메리카의 주요 종족들은 크게 원주민 인디오, 남유럽계 백인, 아프리카 흑인, 백인
과 인디오의 혼혈인 메스티조, 흑인과 혼혈인 뮬라토로 나눌 수 있습니다. 라틴 아메리카
의 원주민은 대다수의 원주민인 아즈텍, 잉카, 마야의 후손인 고산 지대 원주민과 아마존
정글과 중미 지역의 원주민인 저지대 원주민으로 나눌 수 있으며, 전체 인구의 8퍼센트만
을 차지하고 있습니다. 적은 수지만 그래도 원주민의 비율이 높은 나라는 볼리비아, 페루,
과테말라, 멕시코, 에콰도르 등이며, 원주민의 비율이 낮은 나라는 콜롬비아, 코스타리카,
아르헨티나, 브라질입니다. 잉카 문명은 중앙 안데스 지방에서 이룩되었는데, 그래서 그런
지 현재에도 이 지역에 원주민이 많이 거주하고 있습니다. 잉카 유적지가 있는 페루는 원
주민 45퍼센트, 메스티조 37퍼센트, 그 외 인종(백인, 흑인, 뮬라토)이 거주하며, 아르헨티나
는 백인 97퍼센트, 순수 원주민 1퍼센트, 그 외 인종(백인, 흑인, 뮬라토)이 거주합니다.

메소아메리카(중앙아메리카)와 남아메리카의 중앙 안데스 지대에는 유럽인의 침략 전에는
고도의 원주민 문화가 존재하였는데, 멕시코의 아스텍 문명과 유카탄반도의 마야 문명은
1521년 코르테스에 의하여, 안데스 지대의 잉카 문명은 1532년 피사로에 의하여 철저히 파
괴되어 멸망하였습니다. 이후 중앙아메리카와 남아메리카의 인디언은 에스파냐인과 포르
투갈인 밑에서 광산이나 대농장의 노예로 혹사당하고, 북아메리카의 인디언은 서부 개척
에 희생되어 점점 그 수가 감소되었습니다.

1 인디언들이 정의롭고 행복한 삶을 살기 위한 원칙 네 가지는 무엇인가요?

2 인티가 말한 '평등주의'와 나이 든 사람을 더 공경하는 우리나라 문화를 비
  교해 봅시다.

케냐 1 신개념 동물원, 지라프센터

5부

아프리카

✛ 나이로비 국립공원의 해질녘 풍경

1

신개념 동물원,
지라프센터

구혜경

탄자니아 곰베 국립공원에서 침팬지를 연구하는 제인 구달* 여사는 동물원을 없애야 한다고 말한다. 구달 여사의 주장은 그동안 내가 한 번도 신경 써 본 적 없는 동물원에 대한 생각을 새롭게 하는 계기가 되었다. 사람들의 볼거리를 위해 과연 동물들을 우리에 가둬 두는 것이 바람직한 일일까?

그런데 케냐에서 찾아간 한 동물원은 우리 식의 동물원과 개념이 좀 달랐다.

야생 동물인 기린에게 먹이를 주는 사람들이 내는 기부금으로 굶주린 아이들을 돕는 새로운 형식의 자선 기부 활동이자, 이

---

* 제인 구달 | 영국의 동물학자, 환경운동가. 침팬지의 행동 연구 분야에 대한 세계 최고 권위자로 꼽힌다. 1960년 아프리카의 곰베 침팬지 보호구역에서 10여 년간 침팬지에 대한 연구를 진행하면서 그녀는 침팬지에 관한 다양한 행동들에 대한 사실을 발견해 내었다.

✚ 지라프센터

곳만의 특징을 살린 동물원이었다. 지라프센터(Giraffe Center). 말
하자면 기린을 가둬 둔 동물원인 셈인데, 널찍한 숲을 뒤로 하고
있어 기린들이 살기엔 편할 듯하다.

　이곳에 살고 있는 키 큰 기린에게 먹이를 주기 위해서는 2층
높이의 계단을 올라가야 하는데, 양동이를 탕탕 치면 멀리 숲에
서 기린이 나온다. 양동이 가득 사료를 들고 다가가면 기린이 목
을 길게 빼고 긴 혀를 내민다. 그때 동글동글한 사료를 혓바닥에
놓아 주면 된다. 그냥 놓아서는 안 되고 혀를 동그랗게 말았을
때 놓아야 사료가 떨어지지 않는다. 먹이를 주다 보면 손에 끈적
한 기린의 침이 묻을 수도 있는데 그것이 아주 길게 늘어진다.

230

하지만 그저 침일 뿐 그다지 더러운 느낌은 들지 않는다. 게다가 기린은 초식 동물이다. 처음엔 사람들이 대부분 두려워하며 사료를 던져 주거나, 기린 혀가 손에 닿는 걸 꺼려하지만 이내 크고 순한 기린의 눈을 바라보며 직접 먹이를 주는 낯선 경험에 빠져들게 된다. 아이들은 더욱 천진해지고, 어른들은 호들갑을 떨며 귀여워지고, 일순간 순수해진다. 어른이든 아이든 이 체험을 하고 나면 반드시 주머니를 뒤적여 기부를 하게 된다. 아프리카 기린을 보호하기 위해서? 천만에, 아니다.

이렇게 모인 기부금은 아프리카의 굶주린 아이들을 위해 쓰인다. 지라프센터를 찾는 수많은 관광객들이 준 먹이를 먹고 허벅지에 토실토실 살이 오른 배부른 기린이 배고픈 아이들을 먹여 살리는 셈이다. 기린과 눈을 마주 보고, 기린에게 직접 먹이를 줘 보는 경험을 어디에서 할 수 있나. 누구에게든 평생의 자랑거리가 될 수 있으리라.

아이들은 난생처음 기린 앞에 서서 기린에게 먹이를 주는 가슴 벅찬 경험을 즐기느라 정신이 없다. 한 양동이 들고 와서 다 주겠다고 한다. 친절한 직원들이 아이들에게 멋진 추억이 될 수 있도록 사진도 찍어 주고, 양동이를 두드려 기린도 불러 준다. 기린의 발아래에서는 디즈니 애니메이션 〈라이온 킹〉에 나왔던 품바, 뛸 때 꼬리가 안테나처럼 서는 야생혹돼지(Warthog)도 함께 볼 수 있다. 자세히 살펴보면 야생혹돼지는 얼굴이 아주 길고 골격이 튼튼하다. 사자가 얼굴을 물어도 끄떡없다고 한다.

선생님을 따라 길게 줄을 서서 기린에게 먹이를 수기 위해 기다리는 케냐 아이들을 보니, 그들에게도 이곳은 인기 있는 장소인 듯하다. 끈기 있게 줄을 서서 차례를 기다린다. 먹이를 주다가 좀 쉬고 싶으면 옆에 있는 작은 공간에서 동물 다큐멘터리를 보거나, 관련 사진이나 그림을 감상할 수도 있다.

케냐는 일찍부터 야생 동물을 관광 상품으로 개발하고 관리하는 체계적인 시스템을 갖추었다. 동물들은 오히려 탄자니아 쪽이 많지만, 사람들이 와서 보고 즐기고, 마음을 열고 지갑을 열 수 있도록 이런저런 시설들은 케냐가 훨씬 잘 만들어 놓았다. 지라프센터만이 아니다.

나이로비 내셔널파크에는 어미 잃은 새끼 코끼리와 코뿔소에게 먹이를 주는 프로그램이 있다. 새끼 코끼리와 코뿔소를 보기 위해 흙먼지 뽀얗게 이는 곳을 찾아온 사람들이 옆으로 길게 줄지어 선다. 어쩌다 두 번째 뿔이 잘렸는지 부러졌는지 모를 새끼 코뿔소가 보호되고 있었고, 네 마리의 새끼 코끼리들이 우유를 먹으며 크고 있었다. 울타리가 없는 곳에서 관리인들이 큰 우유병을 들고 나와 새끼들에게 먹이는 장면을 코앞에서 볼 수 있다. 사람들은 야생의 동물들을 직접 보는 경험을 소중하게 생각하는 것 같다. 운이 좋으면 사람에게 다가온 동물을 만져 볼 수도 있는데, 새끼 코끼리의 코를 만져 본 세원이는 의외로 부드럽다고 한다. 이곳 역시 입장료가 없는 대신 직접 기부를 하거나 판매하는 물건들을 사서 기부를 대신한다. 얘기를 들은 아이들이 서울에 돌아가 친구들에게 준다며 코끼리 열쇠고리와 돌로 만든 코끼리 모형을 고른다.

케냐에는 동물 고아원(Animal Orphanage)도 있다. 언뜻 여느 동물원과 다를 바 없어 보이는데, 다치거나 늙은 동물들, 엄마 없는 새끼들을 데려와서 보호하고 있는 곳이다. 늙은 사자와 어미 잃은 세 마리의 새끼 사자, 원숭이들, 붉은 야생혹돼지와 치타, 관학과 버팔로까지 야생에서 볼 수 있는 대부분의 동물들이 있다. 사실 다친 동물이라도 야생 상태에서 살아가도록 내버려 두는 것이 바람직하다고 하는데, 어찌 보면 굳이 보호하고 있는 것인지도 모른다. 보호하는 것도 나름대로 의미 있는 일이겠지만, 그저 자연의 순리대로 흘러가도록 두는 것이 자연을 보호하는 가장 중요한 법칙인 것이다.

아이들이 가져간 작은 공을 어린 치타에게 줘도 되냐고 물으니 괜찮다고 한다. 공을 던져 주자 아주 재미있게 가지고 논다. 이곳 역시 케냐 아이들의 현장 학습 코스나 나들이 장소인지 한 무리의 아이들이 우르르 들어와선 우리 속의 동물들을 한 번씩 살펴보고 나간다. 아프리카에 살면 이런 야생 동물들을 흔히 볼 수 있을 것 같은데 그렇지 않은가 보다. 나중에 안 것인데, 그럴 만한 이유가 있었다.

우리가 보기에 늙고 병들어 볼품없다고 느껴지는 동물들도 많은데, 놀랍게도 각 동물들은 저마다 기부금을 내는 사람들이 따로 있다고 한다. 그들은 언제나 자신이 도움을 주는 동물들을 와서 볼 수 있고, 동물의 상태에 대해 얘기를 들을 수 있다. 동물원에 갇혀 있는 동물을 위해 기부하는 사람들도 사람이려니와 이런 것을 잘 이용하는 케냐 정부의 수완도 대단하다는 생각이 들었다. 동물 때문에 사람들이 찾아오고, 동물 덕에 사람들이 먹고 사는 나라.

너희 나라에는 야생 동물이 없냐는 한 케냐인의 물음이 너무도 낯설다. 우리나라도 예전엔 깊은 산속에 반달곰과 호랑이가 살았었다는 나의 대답을 그는 아무래도 이해하지 못한 듯하다.

《아프리카 초원학교》 (한겨레출판, 2007)

⏻ 지라프센터

지라프센터(Giraffe Center)는 나이로비 시내에서 18킬로미터 떨어진 곳에 위치한 사설 동물 보호소입니다. 멸종 위기 종으로 전 세계에 약 500마리 정도 남아 있는 로스차일드 기린(Rothschild giraffe)을 보호하기 위해 1979년도에 만들어졌습니다. 1974년 케냐 웨스턴 지역에서 '데이지'라는 어린 기린을 구해서 데리고 온 것이 시초가 되었습니다.

이 동물원이 다른 동물원과 다른 점은 기린에게 먹이 주는 체험을 할 수 있는 것입니다. 또한 여행객이나 현지인들이 낸 기부금을 모아 굶주린 아이들을 돕는 새로운 형식의 자선 기부 활동을 한다는 점이 독특합니다. 거의 야생의 기린을 가까이에서 볼 수 있고, 만져 볼 수 있는 기회를 제공해서인지, 여행객들뿐만 아니라 현지인들도 많이 찾는 곳입니다. 지라프센터는 야생 동물의 생태와 사육 방법의 연구를 목적으로 설립되었으며, 이곳은 기린뿐만 아니라 멧돼지도 사육하고 있습니다.

1 지라프센터에서 기린에게 먹이 주는 체험으로 걷힌 기부금은 어떻게 쓰이
나요?

2 지라프센터가 우리나라 동물원과 다른 점이 무엇인지 이야기해 봅시다.

✚ 카이로의 노천 카페에 앉아 있는 늙은 이집션

2

나라가 가난하면
사람들도 가난해지나요?

박선아

카이로에서 그나마 마음 편한 교통수단은 지하철이었다. 한국의
지하철과는 시설 면에서 비교할 수 없지만, 가격 흥정을 해야 하
는 심신의 수고로움을 피할 수 있다는 것만으로도 이곳에서는
매력적인 교통수단이다.

카이로에 있던 어느 날, 비교적 한가한 지하철의 좌석에 손 양
과 나란히 앉았다. 몇 정거장쯤 지나자 갑자기 인파가 쏟아져 들
어왔다. 아주 짧은 시간에 일어난 일이라 어떻게 된 상황인지는
모르겠지만 나와 손 양은 어느새 엉덩이가 들리어져 서게 되었
다. 많은 사람이 한순간에 의자에 앉게 되니 얼떨결에 나와 손
양이 밖으로 밀리게 된 것이었다. 우리에게 미안하다고 말을 하
는 사람은 없었다.

사막 투어를 마친 후 장거리 버스를 타고 다음 도시로 돌아가

던 중에는 이런 일도 있었다. 좌석 표시가 아랍어로만 되어 있는 바람에 외국인과 현지인들 사이에 자리다툼이 벌어졌고, 설상가상으로 이중 판매가 된 좌석도 있어서 버스 안은 요란 법석. 손 양은 화장실에 가고 싶다며 바지를 움켜잡으면서도 좀처럼 휴게소에서 내릴 생각을 하지 않았다.

"엄마! 내가 내리면 이집트 사람이 내 자리에 앉아 버릴 거예요. 그러면 '내 자리이니까 일어나세요.'라고 말도 못하고……. 나는 지금 너무 힘든데 오래오래 서서 가야 할지도 몰라요. 그냥 참을래요."

이집트 여행이 힘든 이유 중의 하나는 어떤 상황에 대해 손 양이 이해할 수 있도록 설명하기가 힘들다는 점이었다. 나는 매사 손 양에게 양보를 강조하는 편이다. 내게 하나밖에 없다 하더라도 그 하나마저 다른 사람에게 양보할 수 있어야 한다고 가르쳤다. 그런데 이집트에서 손 양은 버스 좌석 하나에도 집착을 보였다. 그도 그럴 것이 이집트를 여행하는 내내 나는 손 양과 불합리한 경우를 너무 많이 경험해야 했고, 그럴 때마다 매번 아이 앞에서 나의 분노를 감추지 못한 것 같다. 누군가가 우리에게 친절을 베풀려고 하면 손 양은 이렇게 말하게 되었다.

"엄마! 모르는 척해요. 대꾸하지 마요. 어쩌면 또 돈을 바랄지도 몰라요."

아스완에 도착해서 조금씩 여유를 찾게 되자 나는 그제야 아

✚ 아스완의 관광용 교통수단인 마차

차 싶은 마음이 들었다. 아스완의 숙소에서 얼마 멀지 않은 곳에
있다는 누비안(이집트 남부와 수단 북부에 있는 누비아 지역 토착민) 박
물관을 찾아가는 길에 손 양이 마차를 타고 싶다고 했다. 마차를
타고 출발하고 나니 마부는 애초에 얘기한 것보다 가격을 점점
더 올리기 시작했다. 눈치로 분위기를 파악한 손 양은 흥분하기
시작했다.

"이집트 사람들은 정말 나빠요! 자꾸만 거짓말을 해요."

손 양의 흥분된 말투에 나는 가격 흥정을 포기하고 마차 밖 풍경으로 손 양의 주의를 돌렸다. 그러고는 마차꾼에게 물었다.

"혹시 아이가 있어요?"

그가 순박한 웃음을 지으며 내게 고개를 끄덕거렸다. 그러더니 내게 아이들 사진을 보겠느냐는 뜻의 간단한 영어 단어를 나열했다. 내가 보여 달라고 하자 그는 마차를 길의 가장자리에 세우고는 바지 주머니에서 지갑을 꺼내 사진을 보여 주었다. 쓸데없이 눈물이 많은 나는 사진을 보기도 전에 눈가가 젖어들었다. 그가 꺼낸 사진보다 먼저 내 시선에 들어온 것이 그의 낡디 낡은 지갑이었기 때문이다. 세월에 삭은 종이처럼 금방이라도 조각조각 흩어져 버릴 것 같은 그의 해묵은 지갑은 그의 삶, 어쩌면 이집트인 대부분의 삶이었다. 색이 바래져 잘 알아보지 못할 것 같은 작은 폴라로이드 사진 속에 아빠의 웃음을 닮은 세 아이가 웃고 있었다. 나는 그가 원하는 액수보다 많은 값을 치르고 마차에서 내리며 그에게 작별 인사를 했다.

"나와 내 아이는 이집트가 좋아요. 이집트인들도 이집트를 좋아했으면 좋겠어요. 가난하다는 이유로 부끄러운 이집션이 되지 않았으면 좋겠어요."

그는 내 말의 의미를 이해했을까.

마차에서 내리자마자 손 양의 질문 주머니가 터졌다.

"엄마! 아까 왜 울었어요?"

"엄마! 왜 마차 샀을 더 많이 줬어요? 자꾸만 우리에게 거짓말을 한 아저씨인데……."

나는 처음으로 손 양과 이집트 여행 중 긴 이야기를 해야겠다고 생각했다.

"손 양! 이집트란 어떤 곳이라고 생각해?"

"너무 덥고 더러워요. 사람들이 귀찮게 해서 싫고, 속여서 싫고, 사막 여행도 재미있고 좋은 이집트 친구들도 있었지만, 역시 이집트는 맘에 들지 않아요."

"더운 건 이 사람들이 선택할 수 있는 게 아니야. 우리도 더운 나라에 태어날 수도 있었지. 그러니 덥다고 투정하지 않기로 하자. 사람들이 자꾸 거짓말을 하고 속이려 하는 것은 왜일까?"

"나빠서요. 마음이 나빠서죠."

"마음이 나쁜 건 왜일까?"

"생각 주머니가 작아서죠."

"맞아. 생각 주머니가 작아서야. 엄마가 생각 주머니를 어떻게 키운다고 했더라?"

"책을 많이 읽어야죠."

"그래. 이집트 사람 두 명이 있으면 한 명은 글자를 모른대. 그러니 책을 읽을 수도 없겠지? 이 사람들이 이렇게 사는 건 자기들이 나쁜 행동을 한다는 것을 알지 못하기 때문이야. 책을 읽어야 어떻게 사는 것이 바르게 사는 것인가를 알면서 생각을 키우는데 그걸 하지 못하기 때문이야. 너무 가난해서 유치원이나 학교에 갈 수도 없어. 또 손 양처럼 여행을 많이 다니면서 여러 세상이 있다는 것을 알아야 하는데 그런 기회도 많이 얻지 못한단다. 그러면 그런 기회를 가지도록 나라가 도와줘야 하는데 이 나라는 아직 그런 힘을 갖고 있지 못하나 봐. 어쩌면 용기가 부족해서일 수도 있어. 그래서 이집트라는 나라는 생각 주머니의 힘을 키우지 못해."

"나라가 가난하면 사람들도 가난해지는 거예요?"

"대부분은 그래. 나라가 부자가 되려면 사람들이 더 열심히 일하고 책을 많이 봐야 하는 거야. 손 양 너처럼 모든 친구가 그렇게 생각 주머니를 키우면 나라도 부자가 되는 거야."

"그럼, 대한민국은 부자 나라네요? 우리나라에는 이집트 사람처럼 속이는 사람이 많지 않잖아요."

"그래. 부자 나라야. 그런데 조금은 부족한 부자 나라지. 그 부족한 면을 채워서 더 훌륭한 나라가 되려면 손 양처럼 멋진 친구들이 많아져야 하는 거지. 엄마 말 이해하니?"

"네……. 그런데 마차 삯을 왜 더 줬어요?"

"아저씨도 아빠니까. 너도 봤지? 아저씨가 보여 준 사진 말이야. 그 사람에겐 너만 한 아이들이 셋이나 있더라. 아빠가 돈을 벌어야 그 친구들이 밥을 먹을 수 있어. 다행히 엄마는 그 마차 아저씨보다 조금 더 부자니까. 그 사람이 엄마에게 자꾸 거짓말을 했어도 미워하지 않고 그냥 도와주고 싶었어. 엄마 마음을 알게 되어 그 아저씨가 거짓말을 하지 않게 되면 더 좋겠지만, 엄마는 이제 엄마를 귀찮게 하는 이집트 사람들을 미워하지 않으려고 해. 그건 멋진 여행가가 할 행동은 아닌 것 같아. 엄마가 항상 하는 말 있지? 만약 엄마랑 손 양이 이집트에서 태어났다면?"

손 양이 아무 말 없이 고개를 두세 번 끄덕여 주었다.

신기하게도 나 역시 손 양에게 그런 고백을 하고 나니 이집트 여행이 훨씬 편해졌다. 흥정 자체를 괴롭게 생각하지 않으니 이제는 흥정의 달인이 되어 가는 것도 같고, 이집션들이 나를 속이면 멋지게 속아 주리라는 마음가짐을 하니 오히려 모든 말과 행동이 당당해졌다. 그런 내 모습에 이집션들도 함부로 대하지 않기 시작했다. 혹시나 속을까 전전긍긍 눈치만 보던 내게 드디어 이집트의 편안한 풍경이 찾아온 것이다.

"마담! 이집트에 오신 것을 환영합니다. 가이드가 필요하신가요? 택시? 마차 투어는 어떠세요?"

"라(아니오)! 이번이 내게는 여덟 번째 이집트 여행이에요. 여긴 올 때마다 더 더워지는 것 같네요."

여덟 번째 이집트 방문이라는 말에는 다들 'Wonderful'이란 말 한마디만 남긴 채 돌아섰다. 신기한 것은 그것뿐만이 아니었다. 잔뜩 움츠려 있던 어깨를 펴고 이집트 골목 이곳저곳을 걸어다녀 보니 참으로 많은 착한 이집션들을 만날 수 있었다. 길가에 앉아 쉬며 숱하게 빵을 얻어먹었고, 덤으로 건네받은 웃음도 넘쳤다. 다만, 그들의 삶에 들어갈 때마다 마음 한쪽이 시리고 아린 것만은 어쩔 수 없었다. 골목 깊숙이 들어가면 갈수록 더욱더 많이⋯⋯.

《일곱 살 여행》(데미, 2011)

(ᐤ) 흥정과 박시시(Baksheesh)

이집트에 여행을 가기 위해서는 '흥정과 박시시'를 알아야 합니다. 이집트에서 돈을 내고 경제 활동을 하기 위해서는 흥정을 해야 합니다. 택시를 타거나 물건을 살 때도 흥정을 해야 할 정도로 흥정은 자연스러운 경제 행위입니다. 흥정을 할 때 가격을 높게 잡으면 그 밑으로 내려가는 법은 없다고 합니다.

박시시(Baksheesh)는 페르시아에서 유래한 말로 '베풀다'라는 뜻입니다. 서양 사회의 '팁' 문화와 비슷하지만 박시시는 종교적 의미가 있습니다. 이슬람 사회에서는 종교적 율법에 따라 부유한 사람이 가난한 사람들에게 베푸는 것이 신에 대한 믿음을 증명할 수 있는 방법입니다. 이집트를 여행하는 사람들에게 박시시는 익숙하지 않는 문화입니다. 길을 물어볼 때, 사진을 찍어 줄 때 등 사소한 도움을 주기만 해도 1파운드(이집트 화폐 단위. 1파운드는 약 180원)에서 5파운드 정도로 박시시를 요구하는 경우가 대부분입니다.

흥정과 박시시에 익숙하지 않는 여행자들은 이집트 여행이 힘들 수도 있습니다. 그러나 흥정과 박시시를 이집트의 문화로 받아들인다면 여행이 더 즐거울 수도 있겠죠?

1 딸을 데리고 이집트를 여행하는 엄마가 마음이 불편했던 이유는 무엇이며, 이를 어떻게 해결했나요?

2 글의 제목인 '나라가 가난하면 사람들도 가난해지나요?'에 대한 답을 해 봅시다.

✦ 오카방고 델타

3

오카방고의
모코로 트립

김영희

모코로를 타고 오카방고 델타로 가다

한 명의 요리사와 한 명의 가이드. 또 한 명의 조수를 데리고 사
파리를 즐기며, 야외 요리를 서빙 받고, 모닥불 가에 앉아 커피
를 마실 수 있는 2박 3일간의 호사가 단돈 300달러라면 누가 주
저할 것인가!

먹고 마시고 잠자는 모든 것이 포함되어 있는 가격이란다. 게
다가 이번엔 신청을 한 여행객이 없는 관계로 나 혼자서 서비스
를 독차지할 수 있단다. 생각할 것도 없이 선택! 텐트로 돌아와
오카방고 델타 속의 한 섬으로 들어갈 채비를 했다. 금세 날은
저물고 잠은 오지 않는다.

새벽 6시, 텐트 밖으로 나오자 날씨는 제법 춥게 느껴진다. 3일
간 입고 쓸 물품이 담긴 배낭을 유리창 깨진 트럭에 올린다. 요

✦ 모코로 여행 중인 사람들

리사 에블린과 가이드 라스, 그리고 조수인 게디온! 이 세 명이
한 팀이 되어 나와 같이 3일을 지내게 된다. 이미 짐들로 가득 찬
트럭 뒤칸에 올라타 나무판자에 앉아 두 시간을 달렸다. 유리창
도 쿠션도 없는지라 여간 고생이 아니다. 엉덩이는 아프고 세차
게 불어오는 바람은 살을 엔다. 어제 산 파카를 입고 담요를 둘
러써도 칼바람은 막을 수 없다.

　덜컹덜컹 두 시간 내내 덜덜거리며 드디어 델타 지역에 도착
했다. 오카방고 델타의 수로는 풀로 가득 차 있었다. 무리 지어
정박해 있는 날렵한 모코로들! 그때 델타 사파리를 마치고 돌아
오는 다른 팀들의 모코로 행렬이 수풀을 헤치며 나타난다. 나의
조수들은 한마디 말도 없이 짐들을 모코로에 싣기 시작한다. 손
발이 착착 맞는 것이 한두 번 같이 일해 본 솜씨가 아니다.

아침 9시 40분. 드디어 꽁꽁 언 몸을 모코로에 실을 수 있었다. 두 대의 모코로에 텐트며 테이블이며 침구며 음료며, 2박 3일간 지낼 물품들을 나누어 실었다. 출발!

모코로는 소리 없이 미끄러졌다. 좁은 수로를 따라 촘촘한 억새풀 사이를 빠져나간다. 좁고 얕은 수로를 빠져나가기에는 이보다 안성맞춤일 수 없다. 통나무를 통째로 베어서 속을 파내어 만든 델타 지역의 전통 배!

수로의 평균 수심이 1미터 정도라고는 하지만 어떤 곳은 깊이가 30센티미터도 채 되지 않는 수로를 우리의 모코로는 그야말로 미끄러지듯 흘러간다. 날렵한 배도 배지만 라스와 게디온도기가 막히게 노를 젓는다. 아니 젓는 것이 아니라 막대로 수로 바닥을 밀며 델타의 수풀 속을 미끄러진다. 미는 솜씨와 날렵한 배가 조화를 이루어 환상의 항해를 하고 있다. 게디온이 쓰고 있는 빨간 빵모자가 델타의 수로와 참 잘 어울린다.

갑자기 가슴이 뿌듯해졌다. 누가 이런 경험을 해 볼 수 있는가. 대한민국 0.01%의 경험! 아니, 세계인 0.01%의 경험!

수로의 물은 너무 맑고 투명해서 바닥이 다 보인다. 델타의 맑은 물속엔 연꽃들 사이로 아름다운 물고기들이 헤엄쳐 다니고 있다. 풀숲엔 노란색 깃털의 이름 모를 새들이 날아다닌다. 수로는 천 갈래 만 갈래 뻗어 나간다.

라스와 게디온은 억새풀만 보이는 수로에서 어떻게 길을 잃지 않고 목적지를 찾아갈까? 그저 신기할 따름이다. 수로를 미끄러지듯 항해한 지 두 시간여. 마침내 오카방고 델타의 목적시에 다다랐다.

짐을 내리고, 텐트를 치고, 밥을 하고 일사불란하게 움직이는 세 사람. 마치 기계의 부품들처럼 자기가 할 일을 척척 한다. 내가 할 일은 하나도 없다. 잠시 주위를 둘러보다가 우리가 타고 온 모코로가 날렵한 머리를 쳐들고 정박해 있는 모습이 눈에 띄었다. 스케치북을 꺼내 모코로를 그리기 시작했다. 모코로와 수초. 델타의 첫인상을 하얀 종이에 정성껏 담는다.

리스는 금세 모닥불을 피우더니 시커먼 그을음이 전력(前歷)을 말해 주는 무쇠 주전자를 모닥불 위에 올려놓는다. 그리고 나를 부른다. 잠깐 다녀올 데가 있다고 한다. 중요한 곳이란다. 뭘까 궁금해 하면서 텐트 뒤쪽으로 얼마간 따라가 보니 정말 가장 필요한 시설을 만들어 놓았다. 어느새 땅을 파서 노천 화장실까지 만들어 놓은 것! 2박 3일간 이용해야 할 화장실이다. 이야, 사각형으로 각지게 잘도 팠다. 나뭇가지를 이용하여 좌변기도 만들었다. 감탄사가 절로 나온다.

이렇게 도착한 지 한 시간도 지나지 않아 천막 세 채, 모닥불, 식탁, 그리고 화장실까지 있다. 같이한 지 반나절도 지나지 않아 이 세 사람에게 무한한 신뢰를 느낀다.

이제 오지 칼라하리 사막의 오카방고 델타에서 보내게 될 2박 3일이 두려움보다는 설렘으로 다가오기 시작했다. 건강한 아프리카의 세 젊은이들이 참으로 멋있어 보인다. 듬직하다.

✦ 오카방고 델타 워킹 사파리

사파리는 영화가 아니다!

아프리카의 너른 초원, 나무 그늘 밑 테이블에 앉아 책을 읽고 있노라면 요리사가 점심으로 야채 볶음밥과 감자 샐러드를 내온다. 접시를 비우고 나서 디저트로 사과를 한입 베어 문다. 모닥불 위에선 커피 주전자가 김을 내며 끓고 있다.

영화에 나오는 한 장면이 아니다. 지금 내가 바로 그 점심을 먹고, 그 사과를 먹고, 그 커피를 컵에 따라 마시고 있다. 커피를 마시고 나면 가이드를 데리고 사파리를 나갈 것이다.

이곳 델타에서는 지프를 타지 않고 두 발로 걸어 다니는 사파리를 한다. 델타 수로를 다니기에 차는 오히려 빠질 위험이 있고 거추장스럽다. 차를 타지 않으니 비용이 저렴한 것은 당연하다.

단, 걸어 다니는 워킹 사파리는 지프를 타고 다니는 드라이빙 사파리에 비해서 조금 더 위험하다. 사자가 있을지도 모르는 들판을 걸어 다닌다고 생각해 보라! 비록 전문가와 함께한다 해도 긴장되긴 마찬가지다. 순간순간 맹수의 기미를 느끼면 자세를 낮추고 숨을 죽인다. 동물의 이동에 조용히 귀 기울이다가 멀어져 간 듯하면 빠르게 뒷걸음쳐 도망간다. 스릴 만점의 짜릿한 순간들을 체험할 수 있다.

4시간의 사파리를 마치고 지친 몸을 이끌고 텐트로 돌아오는 길에 라스가 갑자기 내 옷깃을 당기면 멈춰 세웠다. 쉿! 나는 어떤 소리나 냄새도 감지할 수 없는데 라스는 수풀 뒤 어딘가를 한동안 응시한다. 온몸에 소름이 돋으며 머리털이 곤두서는 느낌은 정말 오랜만이다. 라스는 시간이 멈춰 선 듯 꼼짝하지 않고 온 신경을 집중하더니 갑자기 나를 낚아챘다.

"Run!"

급기야 우리 두 사람은 누가 먼저랄 것도 없이 있는 힘껏 뛰어 덤불 속으로 달아난다. 근처에 있는 얼룩말이며 기린이며 다른 동물들의 움직임도 심상치 않다. 달리는 말굽 소리, 덤불 헤치는 소리, 날갯짓 하는 소리, 바람이 얼굴을 세차게 때리며 수풀을 가른다. 저기 덤불 너머에서는 약육강식의 법칙이 적용되고 있는지 모른다. 아찔한 순간이다!

몇백 미터를 달렸을까? 위험한 순간은 넘겼는지 숨을 헐떡거리며 멈춰 선 라스가 아까의 상황을 설명해 준다. 버팔로, 하마 아니면 사자가 덤불 뒤쪽에서 먹이를 노리고 있었다고 한다. 생각만 해도 위험천만한 상황이었다. 그러니 전문 가이드 없이 사파리를 걷는다는 것은 상상도 할 수 없는 일이다. 하다못해 버팔로와 맞닥뜨린다고 생각해 보라. 끔찍한 일이 아닐 수 없을 텐데, 사자라도 만나게 된다면? 사파리를 걷는다는 것은 모험일 수밖에 없다.

이런 아슬아슬한 순간이 초식 동물에게는 하루에도 몇 번씩 되풀이된다. 육식 동물들의 공격에 대비해 긴장을 늦출 수 없다. 이런 약육강식의 초원 생활은 특히 기린에게는 고달프기만 하다. 초원의 어디에서도 볼 수 있는 긴 목 때문이다. 키가 커서 가장 눈에 잘 띄는 죄로 기린은 한시도 경계를 늦출 수 없다. 잡아먹히는 것은 순식간이다. 하지만 신은 기린을 배려했다. 긴 목을 이용하여 가장 먼저 적의 습격을 알아채고 도망갈 수 있게 만들어 주었다. 단점이 강점이 되는 순간이다.

하지만 이렇게 급박한 상황에서도 기린들은 슬로우 비디오로 뛴다. 느리다. 목이 길어 균형이 맞지 않는 체형 때문이다. 장점이 다시 단점이 되는 순간이다. 장점은 단점이 되고, 단점은 장점이 된다.

자기 전에 오줌 누는 것을 잊지 마라!

이제 모닥불을 떠나 텐트로 들어갈 시간! 사파리 한가운데에서 텐트를 치고 자는 것 또한 처음 해 보는 일이다. 아니, 나이 들어 텐트에서 잠을 잔다는 것도 참으로 오래간만의 일이다. 가벼운 흥분과 함께 일행과 인사를 나누고 텐트로 들어가려는데 소변을 보고 들어가라고 한다. 참 별걸 다 간섭한다고 생각하는 순간 라스가 말을 덧붙였다.

"You never get out from the tent, before sun rises!"

위험하므로 날이 밝기 전까지 절대 텐트 밖으로 나와서는 안 된다고 말했다. 묘한 기분이 든다. 사파리의 밤이 어떻길래 이리 주의를 주는 것일까?

이들이 만들어 놓은 간이 화장실에서 소변을 보고 텐트로 들어가기 직전, 모닥불 가에 앉아 있던 라스가 나지막한 소리로 다시 당부했다.

"Remember that!"

그 어떤 소리가 들리더라도 텐트 밖으로 나와서는 안 된다고 한다. 갑자기 겁이 덜컥 나며 텐트로 들어가 지퍼를 굳게 내렸다. 플래시 불빛이 희미하게 비추는 텐트 내부가 휑하니 썰렁한 공간으로 다가온다.

그렇다! 사파리는 밤이 훨씬 위험하다. 끝없는 초원에 어둠이 내리면 평화스럽게만 보이던 들판에서는 드디어 야행성 동물들의 먹이 사냥이 시작된다. 쫓고 쫓기는 죽음의 레이스가 검은 장막의 저편에서 치열하게 펼쳐지는 것이다.

낮에는 들리지도 않던 소리들이 밤이 되니 얇은 천 하나를 뚫고 이렇게 크게 잘 들릴 수가 없다. 밤이 깊어질수록 텐트 밖 사방에서 나는 소리가 점점 리얼하게 들려 잠을 이룰 수가 없다. 풀잎 스치는 소리, 가지 꺾이는 소리, 이름 모를 짐승들의 크고 작은 발자국 소리, 쿵쿵쿵 땅바닥이 울리는 소리. 한밤중에 웬 짐승들이 이렇게도 많이 다니는 걸까? 텐트 밖으로 나오지 말라는 말을 듣지 않았으면 궁금해서라도 밖으로 나가 보았을 것이다. 탁탁 가지 꺾이는 소리가 나면서 나뭇잎이 바르르 떠는 소리가 들린다. 이어서 분명 코끼리나 코뿔소 같은 덩치 큰 짐승의 묵직한 발걸음이 텐트를 울린다. 숨을 죽이며 지나가길 기다린다. 발자국 소리들이 어지럽다.

얼마나 흘렀을까? 발자국의 공포에서 벗어나 새벽녘에 가까스로 설핏 잠이 든다. 앗! 다시 텐트 가까이 거대한 짐승이 어슬렁거리고 있다. 무리 지어 한두 마리가 아니다. 접근한다. 쿵! 짓밟히는 텐트. 헉! 몸을 움직여 보지만 움직일 수 없다.

"Help me!"

살려 달라고 아무리 크게 외치려 해도 목소리가 나오지 않는다. 어떻게 된 일인가? 눈을 껌벅이며 주위를 살펴본다. 텐트 속이다. 얇은 슬리핑백을 펼쳐 이불로 덮고 있다. 아, 꿈결에 가위에 눌린 것! 내가 가위눌린 상태란 걸 의식한다. 몸을 움직일 수가 없다. 조금씩 조금씩 안간힘을 다해 몸을 움직인다. 가까스로 몸을 일으켜 앉았다. 땀으로 온몸이 젖었다. 플래시를 찾아 텐트 안을 비춰 본다. 그대로다. 아, 아무 일도 일어나지 않았다. 텐트가 그대로야! 다행이라고 생각하는 순간, 여전히 밖에서는 묵직한 소리들이 지나다니고 있다.

…… 오줌이 마렵다.

적자생존

새벽에 걷는 초원은 발을 적신다. 동이 트기 전 이슬 먹은 풀들이 샌들의 가죽을 짙게 물들인다. 라스와 함께 새벽 사파리를 나온 지 한참이 지났건만 갈대숲 너머로 이제야 동이 터 온다. 해가 떠오르는 방향으로 지평선 아득한 곳에 나무 한 그루가 가지를 드리운 채 실루엣으로 서 있다. 아프리카 사진첩에서 본 바로 그 장면이 바로 이 장면이다.

가시나무! 아프리카 초원에서 만난 이 멋있는 나무를 가시나무라고 한단다. 가지에 온통 가시가 삐죽삐죽 달린 이 가시나무는 보기와는 달리 이파리도 뻣뻣하다. 뻣뻣하기가 이루 말할 수 없어 도저히 먹을 수 없을 것이라는 예상과는 달리 이 가시나무가 기린과 임팔라의 주식이다.

키가 큰 기린과 키가 작은 임팔라는 입 닿는 부위가 달라 뜯어 먹는 부위도 다르다. 목이 긴 기린은 나무의 윗부분을 뜯어 먹고, 목 짧은 임팔라는 나무의 아랫부분을 뜯어 먹으니, 나무의 가운데 부분에 자연스레 안전지대가 형성된다.

기린과 임팔라의 목이 닿지 않는 가운데 가지들만 남아 이렇게 옆으로 멋지게 퍼질 수밖에 없다. 아프리카의 가시나무를 멋지게 만들어 준 주역이 바로 기린과 임팔라인 셈!

✚ 기린과 임팔라

　가지에 가시를 달고 있어 사람들은 이 나무를 가시나무라고
부르지만, 내가 보기엔 가시가 아니라 이쑤시개다. 내가 보기엔
더도 덜도 아닌 이쑤시개가 달려 있다. 그래서 나는 이 나무를
이쑤시개나무라 부르기로 했다! Tooth-pick tree!

참! 기린과 임팔라는 이런 가시 이파리를 어떻게 뜯어 먹을까? 처음 아프리카에 오던 날 나이로비에서 기린에게 먹이를 주며 혀를 만져 본 기억이 떠올랐다. 손에 닿던 초록색 혀의 거친 감촉. 기린의 혀는 만져 보니 수세미 같았다. 그때는 기린의 혀가 왜 그렇게 거칠고 두꺼워야 하는지 알 수 없었다. 이제는 확실히 알 수 있다. 임팔라의 혀도 마찬가지일 것이다.

적자생존, 자연이 살아남을 자를 선택한다!

강한 자가 살아남는 것이 아니라 적응하는 자가 살아남는다!

약의 기원

새벽 사파리에서 돌아온 라스가 갑자기 이상한 짓을 한다. 모닥불에서 다 타고 난 재와 허연 숯을 골라 삽 위에 올려놓는다. 그러더니 삽을 들고 텐트 뒤로 간다. 삽을 바닥에 놓고 앉아 담요를 뒤집어쓴다. 재에서 나오는 연기가 나갈 새라 몸을 꼭꼭 싸맨다. 담요 사이로 연기가 조금씩 새어 나온다. 연기에 질식할까 걱정스럽다. 도대체 무슨 짓을 하는 걸까?

5분쯤 지났을까? 라스가 뒤집어쓰고 있던 담요를 벗었다. 호기심으로 보고 있는 나를 향해 씩 웃고는 물어보기도 전에 말을 해 준다. 머리가 아파 치료한 것이라고. 이곳 델타 지역에서 전해 내려오는 훈증 요법이란다. 나무의 재에서 나오는 연기가 두통뿐만 아니라 온몸의 통증을 다스린다고 했다.

동물에게 물렸을 땐 어떤 나무의 진액을 바르면 되고, 말라리아에 걸렸을 땐 어떤 나무를 달여 먹으면 되고, 감기에 걸렸을 땐 어떤 나무의 연기를 쐬면 된다는 것을 이곳 아프리카인들은 알고 있다.

라스의 얼굴이 한결 좋아 보였다. 내 발목에서 성게의 독을 빨아 내 주었던 잔지바르의 파파야 나무가 생각났다.

나무는 모두 약이다!

종교가 필요한 시간

모닥불에 둘러앉아 커피 한 잔 하며 자신들의 이야기를 털어놓는다. 실업 문제, 식량 문제, 에이즈 문제……. 보츠와나가 가지고 있는 문제들은 끝도 없다. 인구가 겨우 200만 명인 보츠와나에서 국민들의 생계는 다이아몬드가 유지해 준다. 1967년에는 6천 캐럿의 다이아몬드를 캐냈을 만큼 보츠와나는 세계 제일의 다이아몬드 생산국 중 하나다. 그럼에도 불구하고 이들은 가난하다. 이들 보츠와나인들이 캐내는 것은 다이아몬드 원석일 뿐이고 부가가치를 올리는 다이아몬드의 가공과 판매는 영국 등 선진국들이 독점하고 있기 때문이다.

열변을 토하고 있는 보츠와나의 젊은이들을 쳐다본다.

24살의 라스. 커다란 눈이 맑은 그는 웃는 얼굴도 참 맑다. 이곳에서 태어나 24년 동안 이 지역을 떠나 본 적이 없는 건장한 청년! 근근이 모코로 트립 가이드 일을 하고 일당을 받는다. 일당은 10달러 정도. 2박 3일 일하고 30달러를 버니 괜찮은 일자리다. 한 달 내내 일하면 300달러쯤 벌 수 있으니, 보츠와나의 평균 월급 100달러에 비하면 상당히 고수입인 셈이다. 하지만 이 모코로 트립도 한 달에 두어 번 하면 많이 하는 것이라고 한다. 그러니 한 달에 100달러 벌기도 힘들다. 결혼은 언제 할 거냐고 묻자 씨익 웃으며 여자 친구는 있지만 모아 둔 돈이 없어 결혼할 엄두도 못 낸다고 한다.

돈을 벌기 위해 일을 하고 싶어도 할 일이 없다. 힘은 넘쳐나는데 할 일이 없다. 이것이 보츠와나의 현실이다!

우리가 얘기하는 동안 에블린이 식사 준비를 마쳤다. 이번에도 나 혼자 나무 밑 식탁에 앉아 식사를 한다. 나머지는 따로 저만치 떨어져 빵 쪼가리를 뜯는다. 나는 꽃무늬 식탁보가 깔린 식탁 의자에 앉아 스파게티를 포크에 돌돌 말아 입에 넣는다. 시원한 콜라를 아이스박스에서 꺼내 한 모금 들이키려고 하는데, 24살의 할 일 없는 청년이 빵을 먹는 둥 마는 둥 하고 주머니에서 무엇인가를 꺼내 들고 나무 밑으로 가는 모습이 눈에 들어왔다.

땅바닥에 앉아 손바닥 위에 그것을 올려놓고 본다. 열심히 들여다본다. 얼굴이 빨려들 듯 손바닥만 한 것의 페이지를 넘겨 가며 몰입한다. 저게 뭘까? 퍼런 표지가 너덜너덜해진 손바닥보다 작은 것! 아……, 포켓 바이블! 그것은 작은 성경책이었다.

똥만 보고 다니다

사파리를 하다 보면 동물들의 흔적을 보게 된다. 동물들이 어느 방향으로 언제쯤 지나갔는지 동물들의 움직임을 가늠할 수 있기에 흔적을 보는 기술은 매우 중요하다. 누운 관목과 들풀, 떨어진 나뭇잎, 불어오는 바람의 냄새, 가지의 꺾인 방향, 오줌의 양 등이 모두 유용한 흔적이다.

하지만 모든 흔적 중 가장 좋은 흔적은 똥이다. 여러 동물의 똥 중에서도 가장 흔히 볼 수 있는 것은 코끼리 똥이다. 덩치에 맞게 똥도 크기 때문에 여기저기 널려 있다. 식사량도 많아 자주 싸기 때문이기도 하다. 코끼리 똥을 보면 지푸라기가 많이 섞여 있는 것으로 봐서 역시 코끼리는 채식 동물이 맞다. 크기는 우리 딸 보온 도시락 통만 하고 밀도는 질펀한 찰흙 정도. 임팔라의 똥은 동그란 환약처럼 수십 알씩 뭉쳐 떨어져 있고, 기린의 똥은 엄지손톱만 한 크기로 대여섯 알씩 굴러다닌다.

똥의 축축한 정도는 시간에 따라 달라지므로 수분 상태에 따라 지나간 지 얼마나 됐는가를 알 수 있다. 그래서 라스는 바닥에 널린 똥들을 때로는 발로 차고, 때로는 손으로 눌러 가며 그 동물들이 언제 눴는지를 가늠한다. 라스도 그렇고 나도 그렇고 사파리를 하면서 하루 종일 똥만 봤다.

똥도 자꾸 보니 똥이 아니다!

신발과 맨발

사파리 초원에는 삶과 죽음의 흔적도 널려 있다. 깊은 관목 사이에서 발견한 작은 새알 옆에는 멧돼지의 턱뼈가 흩어져 있다. 코끼리의 커다란 머리뼈와 허벅지 뼈가 굴러다닌다. 생사무상(生死無常)!

코끼리의 발바닥에서 떨어져 나온 굳은살이 바닥에 굴러다니는데 발 하나의 크기가 엄청 크다는 것을 알 수 있다.

내 발을 슬쩍 내밀어 크기를 대 본다. 왜소한 나의 발이 갑자기 초라해졌다. 사실 초라해지는 건 크기 때문만은 아니었다. 갑자기 발을 감추고 싶은 생각이 들었다. 이 초원에서 신발을 신은 발은 내 발뿐이다. 라스의 발과 코끼리의 발은 맨발인데 신발 신은 내 발이 이 초원에서는 도대체 어울리지 않는다.

사파리를 나올 때부터 라스가 맨발로 다녔다는 것을 알고 있었다. 왜 맨발이냐고 묻자 그게 더 편하다고 했다. 그때만 해도 그 이유를 알지 못했다. 아니, 그저 경제적인 이유일 것이라고만 생각했다. 그런데 사파리를 하면서 점점 라스의 맨발이 야생의 동물들에게 가깝게 다가가기 위한 것임을 알게 되었다. 맨발과 신발은 감각의 차이를 만든다. 흙의 감촉을 느끼며 걷는 것과 흙을 밟으며 걷는 것의 차이가 바로 맨발과 신발의 차이다.

발을 편안하게 하고 건강한 걸음걸이를 위해 신발은 진화했다. 과학이라는 이름으로 개발된 신발은 인류 건강에 공헌해 왔다. 적어도 그렇게 생각했다. 내가 신고 있는 신발을 들여다봤다. 트레킹용으로 나온 비싼 신발이다. 참 편하고 튼튼하다. 적어도 오늘까지는 그렇게 생각했다.

오늘! 코끼리 굳은살 옆에 나란히 내민 두 발을 보면서 과학이라는 이름의 신발도 맨발의 건강엔 당할 수 없다고 생각한다.

라스가 나보다 건강한 이유다!

난 아직 멀었다

2박 3일간의 모코로 트립이 끝나고 헤어질 시간. 베드 텐트가 있
는 아우디 캠프로 돌아와 작별을 한다. 에블린, 게디온, 라스와
차례로 포옹을 하는데 가슴이 찡했다. 결코 짧지 않은 3일간의
야생 생활이 서로를 정들게 했다. 에블린과 라스의 얼굴에도 아
쉬움이 가득하다. 서로 기약은 할 수 없지만 편지하자며 연락처
도 주고받고 헤어짐을 아쉬워한다.

마지막 눈빛을 주고받고 돌아서려는 순간이다. 마지막 순간이
다. 어떻게 한다? 앞으로 다시는 볼 수 없다는 마지막 순간을 의
미하는 것이 아니다. 내가 이들에게 팁을 줄 수 있는 마지막 기
회인 것! 인사하며 돌아서는 세 사람에게 팁을 줄까 말까 망설인
다. 3일간 나를 위해 헌신하며 동고동락한 이들 아프리카의 젊은
이들에게 팁을 주고 싶었다. 얼마를 주어야 하나? 잠시 망설이다
가 결국 주지 않고 그들을 보냈다.

"Good bye! See you again!"

멀어져 가는 그들을 향해 마지막 인사를 하며 배낭을 집어 들
었다. 2박 3일의 패키지 가격 300달러에 이들의 팁도 충분히 포
함되어 있다는 것이 팁을 주지 않은 옹색한 이유였다.

베드 텐트 앞 테이블에 배낭을 집어 던진다. 휴— 무사히 돌아

왔네! 텐트 앞 벤치에 걸터앉는다. 무언가 남아 있는 응어리. 마음이 찝찝하다. 결국 지나고 또 후회한다. 줄걸……. 돈 몇 푼 된다고, 돈은 쓰고 나서 후회하는 법이 없다는 걸 알면서도 또 쓰지 못했다. 난 아직 멀었다!

여행을 더 해야겠다. 더 배우게 되겠지…….

《헉! 아프리카》 (교보문고, 2009)

⏻ 오카방고 델타 모코로(Okavango Delta Mokoro) 여행

'오카방고 델타'는 보츠와나 북쪽에 있는 삼각주(Delta)입니다. 이 지역은 '모레미 생태 보전 지구'로 지정되어 초식 동물부터 육식 동물까지 볼 수 있는 자연 생태가 잘 보전되어 있는 습지 지역입니다. 강폭의 변동이 심해 선박을 통한 항해는 불가능합니다. 대신 세 명 정도가 탈 수 있는 '모코로'라는 무동력 배를 타고 여행할 수 있습니다. 모코로는 긴 장대를 이용하여 운전하는데, 모코로를 운전하는 사람들을 '폴러(poler)'라고 합니다.

이곳은 혼자 여행하기는 불가능하고 가이드 혹은 요리사와 함께 모코로를 타고 당일, 1박 2일, 2박 3일 중 자신의 여정에 맞는 것을 선택해서 여행할 수 있습니다. 이 지역은 전기가 들어오지 않을 뿐 아니라 샤워 시설이나 화장실 같은 것도 없습니다. 그래서 환경에 해가 될 만한 것들은 가져갈 수 없는 '부시 캠핑(bush camping)'의 방법으로 여행하게 됩니다. 따로 숙소도 없고 초원에 텐트를 치고 잠자리를 만듭니다. 필수적인 식기구와 식료품만 가져가는 자연 친화적인 방법으로 여행하게 됩니다. 이곳은 자연을 있는 그대로 만날 수 있는 야생 체험 여행지입니다.

1 사파리 여행에서 조심해야 할 점은 무엇인가요?

2 여행을 하면서 무엇인가를 하지 못해서 후회한 적이 있다면 어떤 경우였는
지 이야기해 봅시다.

6부

오세아니아, 북극

✚ 스카이다이빙

1

45초간의
완전한 자유

이성종, 손지현

호주에서는 다양한 레포츠를 쉽게 접할 수 있다. 래프팅부터 스쿠버다이빙, 스노클링, 세일링, 번지 점프 등 각종 레포츠들이 늘 여행자들의 마음을 사로잡는다. 그중에서도 익스트림 레포츠의 최고봉이라 부를 만한 것이 있다면, 그건 바로 '스카이다이빙'이 아닐까? 하늘을 날고 싶은 인간의 본능을 충족시키고자 다른 어떤 기구도 이용하지 않은 채 하늘에 떠 있는 것을 상상하는 것만으로도 손에 땀이 날 정도로 흥분이 된다.

케언스에서 자전거 여행을 시작한 지 얼마 되지 않아 도착한 미션 비치는 바로 그 스카이다이빙을 즐길 수 있는 최적의 장소였다. 단순히 하늘에서 뛰어내리는 것 이상으로, 삭막한 도시가 아닌 아름다운 자연의 한가운데서 뛰어내린다는 것이 그 이유였다. 우리 또한 이것만은 꼭 도전해 보기로 이미 이야기를 나눈

✚ 하늘에서 내려다본 미션 비치

상태였다.

드디어 D-day! 어린 시절 텔레비전 화면에서나 보던 최고의 익스트림 액티비티를 바로 오늘 내가 하게 되다니, 가슴이 쿵쾅쿵쾅 뛰기 시작했다. 긴장된 내 마음을 아는지 모르는지 차량이 약속 시간보다 한 시간 늦게 도착했다. 예전 같으면 따지기 바빴을 아내가 얌전히 있는 것을 보니 은근히 늦게 와서 다행이라고 생각하는 것 같다. 마음속으로 준비할 시간을 벌었다고나 할까? 그러나 사실은 매도 먼저 맞는 게 낫다는 말처럼 지체된 시간만큼 더 긴장될 뿐이었다.

차에 오르니 네 명의 직원이 우리를 반갑게 맞이해 주었다. 간단한 인사를 나눈 뒤 세 장 정도의 문서를 작성했다. 대략 '죽어도 책임을 못 진다'는 내용의 서약서였다. 그 후 스카이다이빙에 관한 이런저런 이야기를 나누며 30분 정도를 달렸을까, 차량이 우리가 탈 비행기가 위치한 공항에 도착했다.

공항 한켠에 위치한 사무실에서 모든 행정적인 업무를 마친 뒤 우리는 본격적으로 하늘에서 뛰어내릴 준비를 시작했다. 먼저 우리와 함께 뛰어내릴 다이버들을 소개받은 뒤(보통 우리 같은

270

초보는 전문 다이버들과 짝을 이뤄 뛰어내린다.) 꼼꼼히 옷을 입고 각종 기기들을 체크한 뒤 마지막으로 자세 연습을 했다. 잘못 착륙하면 다리가 부러질 수도 있다고 겁을 주며 자세 연습을 시켰지만, 아직까지는 긴장된 만큼 실감은 나지 않았다.

그러나 잠시 후, 비행기가 보이자 상황이 달라졌다. 본능적으로 이제 때가 됐다는 것을 직감한 것이다. 우리가 탈 비행기는 굉장히 작은 비행기였다. 비행기에 조종사 두 명과 우리 세 명을 포함해서 총 10~11명 정도가 올라탔는데, 이런 작은 비행기는 처음 타 보는지라 과연 아무 사고 없이 귀환할 수 있을지가 걱정되기 시작했다. 비행기에 타기 전 간단한 인터뷰와 기념 촬영을 했는데, 내가 뭐라고 말했는지조차 기억이 잘 안 난다.

겁에 잔뜩 질린 우리를 태우고 이륙한 비행기는 빠른 속도로 하늘로 솟구쳐 올라갔다. 점점 멀어져 가는 육지와 높아져만 가는 고도계를 보고 있자니 가슴이 뛴다. 그런데 옆에 있는 아내와 탐은 나보다도 더 상태가 심각했다. 얼굴이 사색이 되어 사시나무 떨듯 떨고 있으니, 대장으로서 긴장된 모습을 보일 수 없기에 나는 애써 태연한 척하고 있었다. 물론 머릿속에서는 '과연 해낼 수 있을까?'라는 의문이 쉬지 않고 맴돌고 있었지만 말이다.

그나마 고도가 높아지면 높아질수록 오히려 무서움이 덜해져서 조금이나마 평정심을 되찾을 수 있었다. 사람이 가장 무서움을 느끼는 고도는 오히려 지상 11미터 정도라고 하는데, 우리는 4000미터 이상 올라가야 한다. 어떻게 보면 그 정도 높이에서 바라본 지면의 모습이 전혀 현실감 있게 다가오지 않았기 때문에 오히려 두렵지가 않았던 것 같다.

그런데 바로 그 순간! 갑자기 문이 열리더니 바로 앞에 있던 다이버가 뛰어내렸다. 방금 전까지만 해도 우리 옆에 있던 사람인데, 3초쯤 뒤에 보니 저 멀리 점이 되어 버렸다. 그제야 나도 저렇게 뛰어내려야 한다는 생각이 들면서 실감이 나기 시작했다. 그런데 갑자기 저 사람은 왜 뛰어내린 거지? 파트너에게 물어보자, 옆 동네에 볼일이 있어서 다이빙을 해서 간다고 했다. 다이버들에게 스카이다이빙은 레포츠이기 이전에 운송 수단의 개념이기도 한가 보다.

드디어 우리가 뛰어내려야 할 시간이 됐다. 맨 처음 뛰어내리기로 한 것은 탐이었다. 비행기에 타기 전부터 겁먹은 표정을 짓던 그는 이제는 완전 사색이 된 얼굴로 뛰어내릴 준비를 하고 있었다. 그런 모습이 나를 더더욱 불안하게 만드는 순간, '하나, 둘, 셋'을 외침과 동시에 순식간에 시야에서 사라져 버렸다. 전에 아내가 스카이다이빙을 했던 친구에게 "무서워서 울면 어떡해?"라고 물었다가, "울 시간을 주지 않아."라는 대답을 듣고 웃어넘긴 적이 있는데, 이제는 그 말이 무슨 뜻인지 알 것 같았다.

아내 역시 뛰어내리자마자 하늘 속의 점이 되어 사라졌고, 마지막으로 내가 뛰어내릴 차례가 되었다. 파트너에게 이끌려 비행기에 몸을 반쯤 걸친 채 뛰어내릴 준비를 하고 있으니 파트너가 곧 숫자를 세기 시작했다. "원, 투, 쓰리!" 소리가 들리는가 싶더니 내 의지와는 상관없이 하늘 속으로 몸이 빨려 들어갔다.

마치 바이킹의 하이라이트 부분만을 구간 반복하고 있는 듯 아랫배가 간지러운 느낌이 들며 동시에 짜릿한 기운이 발끝에서부터 느껴졌다. 약 45초간의 자유 낙하는 그야말로 정신이 하나도 없는 상태에서 이루어졌다. 어마어마한 가속도와 얼굴에 부딪히는 바람에 정신없이 몸을 맡길 뿐이었다.

두려움이 하늘을 날고 있다는 기쁨으로 바뀔 때쯤 낙하산이 펼쳐졌다. 그리고 낙하산이 완전히 펼쳐진 순간 주변의 풍경이 눈에 들어오기 시작했다. 새파란 창공 위에서 바라보는 호주의 그레이트배리어리프의 풍경은 정말 환상 그 자체였다. 이 세상에 이런 모습을 표현할 만한 단어가 있을까? 직접 보고 느끼지 않고서는 설명이 어려운 놀라운 풍경이었다.

천천히 낙하하면서 낙하산도 직접 조종해 볼 수 있는 기회가 있었는데, 한쪽 레버를 강하게 당기자 낙하산이 마치 팽이처럼 돌면서 재빠르게 내려왔다. 그때쯤 되면 이미 겁은 모두 사라지고 자신감만이 남은 상태였기 때문에 나는 낙하산을 이리저리 뱅글뱅글 돌리며 내려왔다. 그 때문인지 안정적으로 착지를 마치고 주위를 둘러보니 아무도 착륙을 하지 않았다. 내가 제일 나중에 뛰어내렸는데 착륙은 제일 먼저 한 것이다.

잠시 후 탐과 아내가 무사히 착륙을 마쳤다. 그런데 아내가 두려움에 질린 표정으로 나에게 다가왔다.

"왜 그래? 무서웠어?"

"아니 무섭다기보다는……."

"그럼 너무 재밌었어?"

"아니, 난 자기가 떨어지는 줄 알고…… 훌쩍……."

내가 조종한 낙하산이 너무 빠른 속도로 이상한 궤적을 그리며 돌면서 내려가다 보니, 혹시라도 낙하산에 문제가 생긴 게 아닌지 걱정했다고 한다.

어쨌든 우리 셋은 모두 무사히 스카이다이빙을 마쳤다. 걱정과 달리 짜릿한 경험이었고, 최고의 순간이었다. 혹시라도 해 보고 싶은 마음은 있지만 이런저런 걱정 때문에 도전하지 못하는 분이 있다면 강력 추천하고 싶다. 지금 당장 도전하세요!

《동갑내기 부부의 워킹홀리데이 자전거 여행》(앤북미디어, 2011)

(1) 그레이트 배리어 리프(Great Barrier Reef)

오스트레일리아의 북동 해안을 따라 발달한 세계 최대의 산호초 지역으로, 면적 20만 7000제곱킬로미터, 길이 약 2000킬로미터, 너비 약 500~2000미터에 달합니다. 북쪽은 파푸아뉴기니 남안의 플라이강 어귀에서 남쪽은 퀸즐랜드의 레이디 엘리엇까지 이어져 있습니다. 산호초 대부분이 바다에 잠겨 있고, 일부가 바다 위로 나와 방파제와 같은 외관을 형성합니다. 이곳에는 산호 400여 종, 어류 1500여 종, 연체동물 4000여 종 등 다양한 생물이 서식하고 있습니다. 또한 멸종 위기에 있는 초록거북, 듀공 같은 해양 생물이 있어 과학적 · 생물학적으로도 중요한 곳입니다.

곳곳에 암초가 많아 해안을 선박으로 운행하는 것은 위험하지만, 아름다운 자연 경관과 크고 작은 70여 개의 섬들을 위주로 관광 시설이 발달하였습니다. 북부의 케언스 부근에는 산호초에 열대 수족관을 만들고 해저에서 수중의 생태를 관찰할 수 있는 시설을 마련하였습니다. 1981년 유네스코에서 세계자연유산으로 지정하였습니다.

1 글쓴이가 스카이다이빙을 강력 추천하는 이유는 무엇인가요?

2 여러분이 도전해 보고 싶은 익스트림 레포츠가 있다면 어떤 것인지 이야기
해 봅시다.

✚ 북극점 표지

2

북극점
마라톤

안병식

이제는 북극이다

사막 마라톤에 참가하고 난 후 사막뿐 아니라 남극, 북극, 정글 등 극지와 오지, 인간의 발길이 닿기 어려운 다양한 지역에서 마라톤 대회가 열린다는 것을 알게 됐다. 나는 정말 한국이라는 작은 세상에서 우물 안 개구리처럼 살고 있었다.

나는 세상에서 가장 '뜨거운' 사막인 이집트 사하라 사막을 달렸다. 낮 기온이 50도가 넘는 사막을 달린 후 추운 남극 대륙에도 다녀왔다. 그리고 나자 북극에 도전해 보고 싶다는 욕심이 생겼다. 가장 더운 곳을 달렸으니 가장 추운 북극점에서 마라톤을 해 보고 싶어진 것이다.

남극이나 북극은 사람들이 쉽게 다가갈 수 있는 곳이 아니다. 단순히 일상의 탈출을 꿈꾸며 찾아가기엔 가는 길이 만만치 않다. 북극점은 수많은 탐험가들이 자신의 생명을 담보로 극지 탐험에 나서는 곳이다.

북위 66도 이상을 우리는 북극권이라 부른다. 남극과 북극이 다른 점은 남극은 대륙이고 북극은 바다라는 점이다. 북극권 대부분은 바다로 이루어진 '북극해'이고, '북극점 마라톤'은 이 얼음으로 이루어진 대륙, 즉 빙하 위를 달리는 것이다.

'북극이 사라진다'는 표현은 지구 온난화로 인해 빙하들이 녹고 있다는 뜻이다. 언젠가는 사라져 없어질지 모르는 곳에서 마라톤을 한다는 것은 또 다른 설렘이고 모험이다. 또 한편으로는 '언젠가 사라져 버릴지 모른다'는 표현으로 짐작할 수 있듯, 북극에 가는 것만으로도 '침입자'이자 '파괴자'가 된다는 뜻이기도 하다. 인간들의 욕심이 지구를 파괴하고 병들게 하는 것이다.(나는 환경에 많은 관심을 가지고 있진 않지만 지구에 사는 한 사람으로서 환경이 파괴되고 병들어 가는 걸 보면 마음이 아프다.)

'북극점 마라톤'은 2002년 아일랜드의 리처드 도너반이 세계에서 처음으로 남극과 북극점 마라톤을 완주하고 난 후 만들어졌다. 2003년 '북극점 마라톤' 대회를 시작으로 지금까지 정기적으로 운영되고 있으며 기네스북에도 '세계에서 가장 추운 마라톤'으로 기록되어 있다.

북극점 마라톤 대회는 북위 89도에서 90도 사이에서 열리며 노르웨이 북쪽 북극해에 위치한 스발바르 제도의 롱이어비엔(Longyearbyen)에서 참가자들이 모인 후 대회 측에서 마련한 소형

항공기를 이용해 대회 장소로 이동한다.

스발바르 제도는 80퍼센트 이상이 빙하로 덮여 있으며, 스피치베르겐(스발바르 제도에서 가장 큰 섬)을 포함한 여러 개의 크고 작은 섬으로 이루어져 있다.

세계 최북단의 도시로 가다

노르웨이의 오슬로 공항. 대회 미팅 장소인 롱이어비엔으로 가기 위해서는 북쪽 도시인 트롬스 공항을 경유해야 하는데, 비행기에 문제가 생겨 출발 시간이 지연됐다. 하루 정도의 여유는 있었지만 비행기가 출발하지 못하면 여러 가지 일정에 차질이 생기기 때문에 마음이 편치 않았다. 여기는 눈이 많이 내리는 지역이라 비행기가 뜰 수 없을지 모른다는 생각이 들었다.

다행히 몇 시간 지연은 됐지만 비행기는 트롬스 공항을 거쳐 오후 다섯 시가 넘은 시간 롱이어비엔에 도착했다. 롱이어비엔은 북위 78도에 위치한 세계에서 가장 최북단에 있는 작은 도시다. 도착한 날은 마침 푸른 하늘을 볼 수 있을 만큼 맑은 날씨였지만, 기온은 영하 10도가 넘었다. 너무 늦은 시간이고 며칠 동안 잠도 제대로 자지 못해 바로 숙소로 이동한 후 짐 정리를 조금 하다가 잠자리에 들었다.

3월 말에는 아홉 시가 넘어야 해가 지고 새벽 네 시가

✛ 롱이어비엔

되면 날이 밝아 온다고 했다. 밤이 그리 길지 않은 도시에서 며칠 만에 포근하고 편안하게 잠을 잤다. 잠에서 깨어난 후 아침 운동을 하기 위해 창밖을 봤는데 많은 눈이 내리고 있었다. 날씨도 추웠다. 여기서는 낮 기온이 영하 20도가 넘는 날을 쉽게 만날 수 있었다.

롱이어비엔은 눈의 도시답게 온 세상이 눈과 얼음으로 덮여 있다. 바다도 얼음이고 도로도, 멀리 보이는 산도 모두 얼음으로 덮여 있다. 얼음으로 된 동굴도 있다. 햇빛이 비치면 햇살 속에서 더 아름답게 빛난다. 스키를 즐기러 온 관광객들을 많이 볼 수 있고 교통수단이라고 할 수 있는 '스노 오토바이'를 타고 다니는 라이더들, 그리고 개썰매를 즐기는 사람들을 쉽게 볼 수 있다.

그리 길지는 않지만 여름이 되면 기온이 영상으로 올라가 시내에선 풀과 여러 가지 꽃들을 구경할 수 있다고 한다. 롱이어비엔은 걸어서 30분 정도면 마을 전체를 구경할 수 있을 만큼 작은 마을이다. 하지만 북극으로 가는 관문이면서 가장 북쪽에 있는 도시라는 상징성 때문에 관광객들이 많이 찾는 곳이다. 예전에는 석탄이 많이 매장되어 있어 탄광촌으로 유명했다고 한다.

2008년 스피츠베르겐 섬에는 세계 식물 종자 저장고가 설치되어 얼음 동굴 속에 우리나라 벼를 비롯한 세계 여러 나라의 식물 종자가 저장되었는데, 홍수, 태풍, 소행성 충돌 등 지구에 큰 재앙이 닥쳤을 때를 대비한 것이라고 한다.

극지방이라 날씨 변화도 심했고 많은 눈이 내린 관계로 비행기가 출발하지 못했다. 러시아 스태프들이 먼저 도착해서 대회 장소에 캠프를 설치하려던 계획도 취소되어 버렸다. 예상치 못한 기상 악화로 비행기 등 여러 가지 일정을 조정해야만 했다. 대회 지연은 모든 참가자들에게도 문제가 됐다.

하루가 지나고 다음 날이 지나도 눈이 그치지 않았고, 제설 작업도 늦어졌다. 다행히 숙박비는 대회 측에서 해결해 줬지만 예상치 못한 기상 악화는 대회를 진행하는 사람들에게 당황스러운 사건이었다.

난 이미 날짜를 바꿀 수 없는 비행기 표를 구입해 오슬로까지 50만 원이 넘는 비행기 표를 다시 구입해야 했다. 그것은 대부분의 선수들도 마찬가지였다. 작은 호텔이지만 방 하나에 40만 원이 넘기 때문에 며칠만 일정이 연기되면 몇백만 원의 손해를 감수해야 했다. 노르웨이는 세계에서 가장 물가가 비싼 곳 중 하나다. 특히 여기는 극지방이라 다른 곳에 비해 물가가 더 비싸다. 500밀리리터 물 한 병에 4000~5000원. 식사 한 끼에 2만~3만 원이 넘을 만큼 대회 지연은 선수들에게도 큰 부담이 됐다.

대회 지연 4일째. 결국 몇 명의 선수들이 대회를 포기하고 아쉬움을 간직한 채 집으로 돌아갔다. 함께 갔던 동생도 여러 가지 일정 때문에 먼저 비행기에 올랐다. 동생과는 오랜만에 함께한 여행이라 아쉬움이 컸다.

그동안 나는 동생과 마음을 터놓으며 많은 얘기를 하지 못했다. 가족이라 오히려 더 그랬는지도 모른다. 동생을 보살펴 주기보다 내가 여러 가지 도움을 받을 때가 많았다. 난 오빠의 자격이 없었다. 그래서 이번 여행 기간 동안 하지 못했던 얘기들을 나누고 마지막까지 여행을 함께 하고 싶었는데, 아쉬움만 남기고 동생은 집으로 돌아갔다.

며칠째 눈은 계속 내렸다. 불안했다. 선수들 사이에선 대회가 취소될지 모른다는 얘기들이 오갔다. 너무나 오고 싶었던 대회인데 기상 악화로 대회 장소에 가 보지도 못하고 취소된다면 얼마나 아쉬울까. 아직까지 대회가 취소된 적이 없었다는 게 유일한 희망이었다.

세상에서 가장 추운 마라톤 대회에 참가하기 위해 북극에 왔지만 날씨 때문에 움직이지도 못하고 호텔 안에서 따뜻하게 머무르고 있는 날이 계속됐다. 나는 지루함을 견디지 못하고 카메라를 들기로 했다. 대회 주최 측 사람과 선수들에게 궁금한 점들을 열심히 물어보았다.

내 생애 최악의 레이스

드디어 오랫동안 지연되었던 대회가 시작됐다. 이와 동시에 진짜 추위와의 사투가 시작됐다. 북극으로 오기 전, 대회를 알리는 인터넷 메인 화면에는 '세상에서 가장 추운 마라톤'이라는 문구가 쓰여 있었다. 하지만 나는 사실 그 추위를 상상할 수 없었다. 내가 살고 있는 제주는 겨울에도 영하의 기온으로 내려가는 날이 많지 않은 따뜻한 남쪽 나라다. 난 어느 정도의 더위도 견딜 수 있고, 추위에도 자신 있다고 생각하고 있었다.

새벽 두 시, 롱이어비엔. 대회는 기상 악화로 인해 6일이나 지연된 후에야 비로소 개최됐다. 대회 장소로 가는 비행기 안, 하늘에서 바라본 북극의 풍경은 푸른 바다가 아닌 모든 게 하얀 눈 세상이었다. 태어나서 난생처음 북극점에 간다는 생각으로 가슴이 떨렸다. 새벽이지만 북위 89도에는 백야 현상 때문에 태양이 밝게 비치고 있었다.

"이제 10분 후면 비행기가 착륙합니다. 바깥 기온은 영하 30도입니다."

기장의 안내 방송이 나왔다. "영하 30도?" "와!" 놀라움에 탄성이 절로 나왔다. 그리고 잠시 긴장감이 흘렀다.

두 시간의 비행 끝에 북극해의 얼음 위에 비행기가 무사히 착

✚ 북극의 백야

류했다. 설렘과 긴장감으로 얼굴이 상기되어 있었다. 비행기에서 내리는 순간 차가운 공기가 얼굴을 파고들었다. 너무 강렬한 추위였다. 냉동 창고에 들어온 기분이랄까. 영하 30도 날씨는 상상했던 것보다 훨씬 추웠다. 눈과 코를 제외하고 모두 가리지 않으면 오래 견딜 수 없는 날씨였다.

처음 계획은 대회가 끝난 후 북극점으로 이동해 기념 촬영을 한다는 것이었다. 그러나 일정을 바꿔 북극점에 먼저 가서 기념 촬영을 한 후 대회를 진행하기로 했다. 기상 악화로 인한 대회 지연 때문에 북극점에서 1박을 하기로 한 일정도 취소됐다.

짐을 내린 후 우리는 다시 헬리콥터를 타고 20여 분을 간 후 북극점에 도착했다. 북극은 대부분 얼음이 얼어 있는 바다다. 얼음은 계속 움직이기 때문에 남극점과 달리 이정표를 얼음 위에

284

정확히 표시할 수 없다. 따라서 나침반이나 GPS 등을 이용해 북극점을 찾아야 한다.

헬리콥터에서 내리니 하얗게 펼쳐진 수평선과 차디찬 바람, 그리고 태양만이 맑게 빛나고 있었다. 북극점 마라톤 대회가 처음 열렸을 때는 기념으로 참가 선수들이 낙하산을 타고 북극점에 뛰어내리는 이벤트도 했다고 한다.

북극점에는 아무것도 없었다. 그렇게 얼마 동안 하얀 눈으로 뒤덮인 세상, 바다 위에 떠 있는 얼음, 북극점 한가운데에 '홀로' 서 있었다. 하지만 나를 향해 비치는 태양도 영하 30도 날씨를 따뜻하게 녹여 주지는 못했다. 영하 30도 날씨는 '북극점 한가운데 서 있다'는 설렘마저 움츠리게 만들었다. 모든 것을 얼어 버리게 할 만큼 강렬한 추위였다. 살면서 이렇게 추운 날씨는 난생처음이었다. 난 너무 추워 숨을 쉬는 것 말고는 아무것도 할 수 없었다.

그렇게 기념 촬영이 끝난 후 다시 헬리콥터를 타고 대회 장소로 이동해 캠프에서 레이스가 시작되기를 기다렸다. 러시아 스태프들이 며칠 먼저 와서 캠프를 설치하고 비행기가 착륙할 수 있도록 눈 정리도 미리 해 놓았다.

아침 여섯 시. 대회가 시작되기 전 온도는 영하 29도라고 했다. 이렇게 추운 날씨는 직접 경험해 보지 않고는 설명하기 어렵다. 너무 차갑고 그래서 너무 뜨거운 느낌. 그만큼 영하 29도라는 날씨는 정말 강렬했다. 거기에 바람까지 불면 체감 온도는 더 떨어지고 '칼바람'이 얼굴을 스칠 땐 눈물이 절로 나왔다. 너무 추워 흘러내리는 눈물이 금방 얼어 버렸다. 캠프 안도 영하 10도가 넘어 대회가 끝나고 먹으려고 준비해 두었던 바나나도 배낭 속에서 시커멓게 얼음으로 변해 버렸다.

대회가 시작되고 몸에 열이 조금씩 나기 시작하면서 얼었던 발의 체온이 어느 정도 정상을 유지하기 시작했지만 장갑 속으로 들어오는 차가운 공기 때문에 손은 꽁꽁 얼어 버리는 느낌이었다. 장갑을 두 개씩 겹쳐 끼었는데도 소용이 없었다. 얼굴에 흐르는 땀도 금세 얼음으로 변해 버리는, 정말 경험하기 쉽지 않은 믿을 수 없는 경험이었다.

얼마 달리지 않아 시계도 '먹통'이 되어 버렸다. 영하 29도에서는 시계도 멈춰 버린다는 사실을 미처 생각하지 못했다. 얼굴에 쓴 안면 마스크가 꽁꽁 얼어 버리는 바람에 음식도 제대로 먹을 수 없었다.(금세 얼음으로 변하기 때문에 모든 음료는 보온병에 넣어야 한다.)

빙하 위에는 눈이 쌓여 있었다. 태양이 비치고 바람도 별로 없는 평온한 날씨였지만 가끔씩 무릎까지 빠지는 눈 때문에 곤란을 겪었다. 빙하 위를 달릴 때는 너무 미끄러웠고 강렬한 추위 때문에 모래 위를 달릴 때와는 느낌이 많이 달랐다.

무릎까지 빠지는 눈 속을 달리면 체력 소모가 많아진다. 도로에서 달리는 일반 마라톤처럼 속도를 내면서 달리기 어렵다. 미리 꽂아 둔 분홍색 깃발을 보며 달리기 때문에 코스를 이탈할 위

+ 북극점 마라톤

험은 없지만 미끄러져 넘어지기 일쑤다. 눈이 쌓인 곳이 많아 발이 눈 속으로 빠지지 않도록 특수 부츠를 신고 달리는 참가자도 있다. 두껍게 껴입은 옷과 특수 부츠는 그만큼 속도를 줄어들게 만들고(마치 뒤뚱거리며 걷는 북극곰처럼) 체력 소모도 많다. 하지만 남극이나 북극 같은 극지에서는 반드시 챙겨야 할 필수 장비이기도 하다.

네 시간 만에 레이스는 끝났다. 비록 42킬로미터를 달리는 짧은 레이스였지만 달리는 동안 장갑도 신발도 옷도 얼굴도 모든 것이 얼음으로 뒤덮인 모습은 정말 극단적인 몰골이었다. 세상에서 가장 추운 곳에 일부러 찾아와 내 생애 가장 추운 경험을 했다.

운이 좋았다고 해야 되나. 나는 고비사막에 이어 다시 한 번 우승의 기쁨을 안았다. 30킬로미터까지는 같이 달리던 친구들이 여러 명 있었지만 이후 한 사람씩 선두 그룹 무리에서 떨어져 나가기 시작했다. 참가자들은 때로 얼음 위를 달리고 때로는 무릎까지 빠지는 눈 위를 달리면서 추위 못지않게 체력적으로 많이 힘들어 했다. 물론 나는 체력 면에서 자신이 있었고 나름대로 눈 덮인 한라산을 달리며 준비를 했기 때문에 북극이라는 극단적인 지형에서 달리는 데 큰 도움이 되었다. 실제로 여기 참가한 사람들은 도로 마라톤 대회를 100회 이상 참가한 사람도 있었고, 울트라 마라톤 대회도 나보다 여러 차례 참가했던 선수들이지만, 나처럼 익스트림한 지형에서 달려 본 친구들은 거의 없는 것 같았다.

사람들은 가끔 우승 상금으로 얼마를 받느냐고 묻는다. 하지만 안타깝게도 대부분 이런 익스트림 대회에는 우승 상금이 없다. 순위보다 새로운 것에 도전하고 완주했다는 것에 더 큰 의미를 두기 위한 것이다. 대신 이번 대회에선 우승 기념품으로 약 500만 원 상당의 탐험 전문가용 시계를 받았다. 근데 아직까지 한 번도 차 보지 못하고 있다. 물론 우승도 기쁜 일이지만 아직까지 기억에 남는 것은 경험해 보지 않으면 정말 믿을 수 없는 강력한 추위였고 그 속에서 내가 달렸다는 것이다. 결승 라인을 가장 먼저 통과하는 행운을 가져다준 대회였지만 북극점 마라톤은 내 생애 최악의 마라톤 레이스이기도 했다.

우리는 살아가면서 많은 것들을 꿈꾸고 도전한다. 인간은 자연 앞에서 강인해지려고 노력하지만 또 한편으로는 얼마나 나약한 존재인지를 느끼게 된다. 북극점 마라톤을 하면서 나는 내가 얼마나 보잘것없는 존재인지를 느꼈다. 이런 극한의 환경은 자신의 의지와 인내만으로 버틸 수 있는 게 아니다. 극지 마라톤은 환경의 영향도 많이 받고 기능성 장비의 역할도 매우 중요하다.

이번 북극점 마라톤 대회 참가자는 세계 12개국 24명이고, 7명은 완주에 성공하지 못했다. 탈락자들은 아쉬움이 컸을 것이다. 하지만 완주보다 더 중요한 것은 다시는 경험해 보지 못할, 어쩌면 살아가면서 단 한 번밖에 경험할 수 없는 일을 해냈다는 것 아닐까. 내 생에 또다시 이런 기회를 만날 수 있을까? 돌아오는 비행기 안에서 우리는 북극점에 대해, 영하 30도의 추위에 대해, 얼음 위를 달린 느낌에 대해 많은 얘기를 나눴다.

"내가 시도해 본 것 중에 가장 어려운 경기였어. 그리고 난 다리를 다쳤어. 정말 너무 뜨겁고 너무 춥고 힘든 경기였어!"(너무 차가운 것을 사람들은 '뜨겁다'고 표현했다.)

"이것은 내 생애 37번째 마라톤이었는데, 이렇게 힘든 경기는 결코 해 본 적이 없어. 정말 굉장히 춥고, 정말 달리기 너무 힘들었어. 지금 난 너무 피곤해. 이제 긴장을 좀 풀고 자고 싶어."

"비행기는 북극의 얼음 위에 착륙했고, 우리는 바다 위에 떠있는 얼음 위를 달렸어. 영하 30도의 얼음 위를 달렸다는 게 믿어지지 않아. 그러나 분명한 건 지금 이 순간, 우리가 그것을 해냈다는 거야!"

우린 모두 흥분을 가라앉히지 못했다. 북극점 마라톤을 무사히 끝냈다는 것만으로도 감격할 이유는 충분했다. 그것은 죽음과의 사투에서 살아남은 것과 비슷했으니까. 그것이 어떤 느낌인지 알기 때문에 다시는 북극점에 돌아갈 엄두가 나지 않는다. 어쩌면 그것은 생애 처음이자 마지막 경험일지 모를, 가장 강렬하고 뜨거운 순간으로 기억될 것이다.

《사막에서 북극까지 나는 달린다》 (씨네21북스, 2012)

⏻ 4대 극한 마라톤

이집트의 사하라사막 마라톤, 중국 고비사막 마라톤, 칠레 아타카마 고원 마라톤, 남극 마라톤을 4대 극한 마라톤이라고 합니다.

종류	지역	일시	총 거리	비고
사하라사막 마라톤	이집트	매년 9~10월경, 7일간	약 250Km	
고비사막 마라톤	중국	매년 5~6월, 7일간	약 250Km	모래, 평야, 호수 바위길 등이 있음.
아타카마 고원 마라톤	칠레	매년 7일간	약 250Km	계곡, 강, 사막, 화산 지대 등의 코스로 구성됨.
남극 마라톤	남극	매년 7일간	약 250Km	위 3개 마라톤을 완주한 사람에게만 참가 자격이 주어짐.

1 우승 상금이 없는데도 사람들이 북극점 마라톤에 참가하는 이유는 무엇인
  가요?

2 여러분은 어떤 때 자연 앞에 나약한 존재라고 느꼈는지 말해 봅시다.

고영일 2002년 만화 문화 웹진 '악진(Akzine)'으로 데뷔하여, 만화 그룹 '유통기한'에서 활동했습니다. 지은 책으로 《푸른 끝에 서다》가 있고, 2005년부터 '지리산 생명연대' 소식지에 〈지리산 만평〉을 연재했습니다.

구혜경 자녀 둘을 키우는 엄마이자 방송 작가입니다. 아프리카 탄자니아에서 자녀들과 6개월 간 지냈던 추억을 담아 《아프리카 초원학교》라는 책을 펴냈으며, 아이들이 한국의 지리를 재미있게 익힐 수 있도록 한 《손으로 그려 봐야 우리 땅을 잘 알지》를 공동 집필했습니다.

김동욱 아기들을 위한 파티플래너로 활동하며 다양한 핸드메이드 보드를 개발하였습니다. 여행에서 돌아온 뒤 사업가에서 작가로 변신하여, 수작업과 디지털 아트를 이용한 일러스트레이션을 그리며 아이뿐만 아니라 어른들을 위한 동화책을 쓰고 있습니다.

김영희 1986년 MBC에 입사해 '쌀집 아저씨'라는 별칭으로 큰 인기를 얻은 PD입니다. 수많은 인기 예능 프로그램을 만들었으며, MBC PD협회장과 '한국 PD연합회' 회장을 지냈습니다. 아프리카 여행기를 담은 《헉! 아프리카》와 남미 여행기를 담은 《소금사막》 등의 책도 펴냈습니다.

박민우 대학 시절부터 10년 넘게 잡지사와 신문사 등에 다양한 글을 썼으며, 2001년 시나리오 공모전에서 〈마이 메모리〉로 우수상을 받았습니다. 저서로 행복에 관한 소소한 에피소드를 담은 《가까운 행복 티백》이 있습니다.

박선아 윤리적 여행, 착한 여행을 통해 너른 시야를 갖춘 여행자가 되어 가는 이야기를 블로그 '녹색 희망의 집'에 꾸준히 담아내고 있습니다. 그밖에 각종 잡지와 웹진에 여행 칼럼을 게재하고 있으며, 《일곱 살 여행》, 《열살 전에 떠나는 엄마, 딸 마음여행》을 펴냈습니다.

박임순 22년간 중학교 교사로 근무하다가 퇴직한 뒤 남편, 세 아이들과 함께 세계 일주를 하였습니다. '가정과 교육 세움터'라는 부모 교육 센터를 남편과 함께 설립

하여 운영하며 진정한 교육에 대해 고민하는 이 땅의 부모들에게 조언과 도움을
주고 있습니다.

박정석 미국에서 영화학과 저널리즘을 전공했으며, 남미와 발리, 아프리카 등 60
여 나라를 여행한 기록을 담은《쉬 트래블스》,《용을 찾아서》,《내 지도의 열두 방
향》등을 출간했습니다. 요즘은 동해안 시골에 직접 집을 짓고 얌전한 시바견을
키우며 살고 있습니다.

성석제 재미난 입담으로 이야기를 펼치는 작가입니다. 산문집《소풍》, 단편집《황
만근은 이렇게 말했다》,《어머님이 들려주시던 노래》외에 여러 권의 소설집과 장
편소설, 그리고 명문장들을 가려 뽑아 묶은《성석제가 찾은 맛있는 문장들》을 펴
냈습니다.

손미나 KBS 아나운서로 활동하였으며, 2006년《스페인, 너는 자유다》라는 책을
내 베스트셀러 작가의 대열에 올랐습니다. 여행 작가 선언을 한 후 여행 에세이집
《태양의 여행자》,《다시 가슴이 뜨거워져라》등을 펴냈고,《엄마에게 가는 길》,《연
필 하나》를 번역하였습니다.

아리프 아쉬츠 터키의 대표적인 현대 사진작가입니다. 이스탄불 미술아카데미에
서 회화와 서양미술사를 전공하고 교수로 재직했으며, 1986년부터 전업 사진작가
로 나서 인도, 중국, 티베트, 몽골 등 전 세계 40여 나라를 여행하며 사진을 찍고
에세이를 기고했습니다.

안병식 미술을 전공했지만, 그림 그리는 사람이 아니라 지구를 달리는 사람으로
살고 있습니다. 한국인 최초로 남북극 마라톤 완주 기록을 세웠으며, 프랑스 횡단
후 일주일 만에 독일 횡단 대회에 연달아 참가하여 하루 평균 70킬로미터를 한 달
넘게 달리기도 했습니다. 달리면서 만난 세계의 친구들을 제주에 모아 함께 달릴
수 있는 '달리기 축제'를 준비 중이며,《사막에서 북극까지 나는 달린다》라는 책을
썼습니다.

오소희 아이와 함께한 여행의 기록 《바람이 우리를 데려다 주겠지!》, 《욕망이 멈추는 곳, 라오스》, 《안아라 내일은 없는 것처럼》 등을 쓴 여행 작가입니다.

유원상 농림수산식품부 농업정책과 사무관으로 일하고 있습니다. 2010년 12명의 신임 사무관이 쓴 수산물 이야기 모음집 《바다쓰기》를 공동 집필하였습니다.

이성종, 손지현 23살 때 결혼한 부부입니다. 신혼여행에서 자전거 여행의 매력에 빠져, 2007년 호주로 2009년 아프리카로 자전거 여행을 떠났습니다. 그때 경험을 《동갑내기 부부의 워킹홀리데이 자전거 여행》, 《동갑내기 부부의 아프리카 자전거 여행》에 담았습니다.

이승곤 교문중학교 미술 교사이며, 민족미술협의회 회원이기도 합니다. 또 민족미학연구소가 발행하는 월간지 《바람결 풍류》의 만평 작가로도 활동하고 있습니다.

이승헌 청량고등학교에서 국어를 가르치는 선생님이며, 전국국어교사모임 회원으로 활동하고 있습니다.

이우일 웃음이 절로 나는 수필을 쓰기도 하고, 포복절도할 만화를 그리기도 하며, 여행하면서 멋진 사진을 찍어 책으로 만들기도 하며 살아가는 만화 작가입니다. '노빈손 시리즈'를 비롯하여 《이우일 선현경의 신혼여행기》, 《삼인삼색 미학 오디세이 2》, 《고양이 카프카의 고백》 등 수많은 책에 그림을 그리고 글을 썼습니다.

정승환 잠신중학교에 다니고 있는 학생입니다. 가족들과 베네치아를 여행한 경험을 바탕으로 〈시들어 가고 있는 지중해의 꽃 한 송이〉라는 글을 썼습니다.

차영진 도서 웹진 기자, 경영지 편집장으로 일했습니다. 홍대 앞 작업실에 상주하며 문화, 예술, 여행과 관련된 글을 쓰고 있습니다. 아시아, 북아메리카, 유럽 등 지금까지 40여 개국을 여행했으며, 록밴드 '오디너리 피플(ORDINARY PEOPLE)'의 리더 겸 보컬로 활동 중입니다.

최성수 고등학교 한문 교사이며 시인입니다. 백두산 지역을 여행한 기록인《어느 시간 여행자의 일기》와 중국 운남성 여행기《구름의 성, 운남》을 썼고, 시집과 산문집뿐 아니라 소설까지 여러 권의 책을 펴냈습니다.

사진 제공

shutterstock / 유원상 / 이승헌 / 정승환 / 최성수

국어시간에 여행글읽기 2 - 대륙편

엮은이 | 전국국어교사모임

1판 1쇄 발행일 2013년 9월 30일
2판 1쇄 발행일 2020년 3월 23일

발행인 | 김학원
편집주간 | 김민기 황서현
기획 | 문성환 김보희 김나윤 김주원 전두현 최인영 김소정 이문경 임재희 하빛 이화령
디자인 | 김태형 유주현 박인규 한예슬
마케팅 | 김창규 김한밀 윤민영 김규빈 송희진 김수아
저자·독자 서비스 | 조다영 윤경희 이현주 이령은(humanist@humanistbooks.com)
제작 | 이정수
용지 | 화인페이퍼
인쇄 | 청아디앤피
제본 | 정민문화사

발행처 | (주)휴머니스트 출판그룹
출판등록 | 제313-2007-000007호(2007년 1월 5일)
주소 | (03991) 서울시 마포구 동교로23길 76(연남동)
전화 | 02-335-4422 팩스 | 02-334-3427
홈페이지 | www.humanistbooks.com

ⓒ 전국국어교사모임, 2020

ISBN 979-11-6080-355-6 44810
     979-11-6080-353-2 (세트)

만든 사람들

편집주간 | 황서현
기획 | 문성환(msh2001@humanistbooks.com)
편집 | 이영란
디자인 | 김태형 유주현

• 이 도서의 국립중앙도서관 출판시도서목록(CIP)은 서지정보유통지원시스템 홈페이지(http://seoji.nl.go.kr)와 국가자
료공동목록시스템(http://www.nl.go.kr/kolisnet)에서 이용하실 수 있습니다.(CIP제어번호: CIP2020004221)